蘭方医・宇津木新吾

間者

小杉健治

双葉文庫

目次

蘭方医・宇津木新吾　間者

第一章　拷問

一

朝陽《あさひ》を浴びながら三味線《しやみせん》堀の脇を通り、宇津木新吾《うつぎしんご》は薬籠《やくろう》持ちの勘平《かんぺい》を伴い、松江《まつえ》藩の上屋敷に向かった。

黄葉《こうよう》した銀杏《いちよう》の葉が陽光を受けて輝いている。新吾が松江藩の上屋敷に再び通うようになって一年近く経つ。

松江藩のお抱え医師は殿様や奥向きを受け持つ近習医《きんじゆい》や、家老、年寄、用人などの上級藩士を診る番医師《ばんいし》、そして下級武士、すなわち勤番長屋に住む江戸《えど》詰の藩士及び中間《ちゆうげん》・小者《こもの》の治療をする平医師とに分かれている。

松江藩十万石の上屋敷には藩士だけで百名以上、中間・小者などを含めると一千名以上の居住者がいる。前回、お抱え医師になったときは平医師だったが、今は番医師という破格の扱いで招かれたのだ。

御殿の中にある詰所に入ったと同時に、若い武士が駆け込んできた。

「先生、年寄の向川《むかいがわ》さまが診察を所望しております」

年寄は家老の下で藩政を司《つかさど》る役目で、江戸にふたりいる。ひとりが向川主水介《もんどのすけ》だ。

「どのような訴えを?」

「わかりません。ただ、先生を呼んでくれとのことで」

「わかりました。すぐ、お伺いいたします」

「お屋敷のほうです」

若い武士は案内に立った。

上屋敷の中に、家老と年寄の屋敷が並んでいる。

家老屋敷の前を過ぎ、新吾は向川主水介の屋敷の門を入った。玄関から上がり、奥の内庭に面した座敷に行った。

若い女が寝ていた。二十五、六歳だろうか。

付き添っていた女中が、

「先生、お願いいたします」

と、場所を空けた。

「向川さまとお伺いしておりましたが」

新吾は訝《いぶか》ってきいた。

「申し訳ありません。このお女中です」

事情をきくより、まず療治《りようじ》だと、新吾は枕元に座った。

髪は乱れ、青白い顔だ。おやっと思った。頬《ほほ》がこけているが、確かおきよという名の奥女中に似ている。しかし、御殿の奥にいて、奥方付きの女中の下で働くおきよがここにいるのは妙だ。

おきよに似ているが、別人なのか。ともかく、その疑問はあとまわしにして、手当てが先だ。呼吸は荒い。額に手をやる。熱い。

首筋を見て、顔をしかめた。縄の跡がある。首をくくったのかと思ったが、そうではないようだ。手足首にも結わかれた跡がある。さらに、背中をみると、蚯蚓腫《みみずば》れになっている。

体を動かすたびにうめき声を発するが、話は出来ない。

付き添いの女中の手を借りて体の向きを変え、膏薬《こうやく》を傷口に貼り、痛み止めを調合して口に流し込んだ。

「いったい、この傷はどうなさったのでしょうか」

手当てが済んで、新吾は女中にきいた。

「……」

「何か激しい暴行を受けております。まるで、拷問《ごうもん》に遭ったようです」

「私にはわかりません。ただ、看病するように命じられただけですので」

「この女中の名前をご存じですか」

「いえ」

「失礼ですが、あなたは向川さまのお屋敷に奉公を?」

「そうです」

松江藩ではなく、向川主水介が私的に雇っている女中だ。であれば、奥女中を知らないのも無理はない。やはり、この女はおきよなのか。

「向川さまにお会い出来ますでしょうか」

「今、お伺いして参ります」

女中が立ち上がったとき、

「その必要はない」

と声がかかり、襖《ふすま》が開いた。五十過ぎで、眉が濃く、細い目はつり上がって神経質そうな顔立ちだ。

「これは向川さま」

新吾は頭を下げた。

主水介は部屋に入ってきて、ふとんから少し離れたところに腰を下ろした。

「どうだ、容態は？」

「かなり、激しい暴行を受けており、回復までは少し暇《いとま》がかかるかと思います」

「命には別状ないのだな」

「はい」

「それはよかった」

「あの女中はどうしてあんな怪我を？」

「わしの奉公人と恋仲になったはいいが、女のほうが他の男にも色目を使ったと思い込んで折檻《せっかん》したのだ」

「その男は誰ですか」

「痴情のもつれだ。女の命に別状なければ事を荒立てたくない」

「しかし」

「当人も反省している。詮索《せんさく》は無用だ」

主水介は鋭い声で言う。

「わかりました」

奉公人の話ということにしているが、主水介自身のことではないかという気がした。

「このことは他言せぬように。よいな」

「はっ」

新吾は低頭してから、

「また、明日、様子を見に参ります」

「うむ。わしの治療ということでな。ごくろう」

主水介は鷹揚《おうよう》に言った。

新吾は主水介の屋敷から御殿の中にある詰所に戻った。

部屋で、同じ番医師の麻田玉林《あさだぎょくりん》が茶を飲んでいた。四十年配で顎鬚《あごひげ》を伸ばした熟練の漢方医だ。

「どこに?」

玉林が窺うようにきいた。

「年寄の向川さまのところです。単なる疲れでした」

新吾はごまかした。

「そうそう、潤斎《じゆんさい》さまの弟子が顔を出して、そなたを捜していた」

と、口にした。

「潤斎さまが？」

花村《はなむら》潤斎は近習医である。

「うむ、そなたは潤斎さまに気に入られているようだな」

玉林は不快そうに顔をしかめた。

「いえ、私の岳父《がくふ》のことでお願いしていることがありまして」

岳父の上島漠泉《うえしまばくせん》はシーボルト事件に巻き込まれて表御番《おもてごばん》医師の身分を剝奪された。今は町医者として細々《ほそぼそ》と暮らしている。

花村潤斎は幕府の奥医師《おくいし》桂川甫賢《かつらがわほけん》の弟子筋にあたる。桂川甫賢は大槻玄沢《おおつきげんたく》、宇田川玄随《うだがわげんずい》と並ぶ蘭学の大家であり、桂川家は代々奥医師を世襲している。奥医師の首席は法印《ほういん》、次席を法眼《ほうげん》というが、桂川甫賢は法眼である。

その桂川甫賢が、漠泉にその気があるのなら表御番医師への返り咲きの労は惜しまないと言ってくれたという。

そのことを、花村潤斎から聞いた。

「では、行ってきます」

新吾は部屋を出て、並びにある近習医の詰所に行った。

「宇津木新吾です」

新吾は襖越しに声をかけた。

「入りなさい」

「失礼します」

新吾は襖を開けて中に入った。

壁際に薬草が収まっている小抽斗《こひきだし》の簞笥《たんす》がある。潤斎はその手前に座っていた。新吾は向かいに腰を下ろした。

「漠泉どのはまだその気にならぬのか」

潤斎が口を開いた。

「はい」

漠泉に復帰の話を伝えたのは三月《みつき》前のことだ。そのときの漠泉の返事は考えさせてもらいたいというものだった。

喜んでくれると思っていたので、漠泉の返事は意外だった。

「ありがたい話だが、わしは今のままで十分だ」

「……」

新吾は耳を疑ったが、

「表御番医師は漠泉さまにとって……」

かつて、漠泉は木挽《こびき》町に大きな屋敷を持ち、表御番医師としての権威を保っていた。あのときの暮らしに戻りたくないのだろうか。

「いや、わしはもう若くはない」

「いえ、まだ老け込む歳ではありません」

思いがけぬ返事に、新吾はわけを尋ねた。

「わしを頼りにしてくれる患者もいる。そういうひとたちのためにもわしはここで医者として最後まで尽くしたい」

漠泉の本心かどうか、新吾はわからない。

「しばらくお返事をお待ちいたします。どうか、もう一度お考えください」

そう言い、今日に至っている。

「潤斎さまにお骨折りをいただきながら申し訳ありません。どうか、もうしばらくお待ちください。花村法楽《ほうらく》さまによろしくお伝えください」

「うむ」

漠泉の復帰を推し進めようとしたのは表御番医師の花村法楽なのだ。法楽は桂川甫賢の弟子であり、その法楽の弟子が潤斎である。

法楽は漠泉とは同じ表御番医師として親しくしてきた間柄であり、前々から時期がきたら、漠泉の復帰を願い出ようと思っていたというのだ。

「漠泉どのにもいろいろ事情がおありなのだろう。もうしばらくお待ちしよう」

潤斎は漠泉を思いやって言う。

「ありがとうございます」

新吾は頭を下げた。

表御番医師に漠泉が復帰することを新吾が望んでいるのは単に妻香保《かほ》の父親だからではない。表御番医師としての漠泉は新吾にとって仰ぎ見るような存在だった。

新吾は七十俵五人扶持《ぶち》の御徒衆《おかち》田川源之進《たがわげんのしん》の三男であった。いわゆる部屋住《へやずみ》で、家督は長兄が継ぎ、次兄は他の直参に養子に行った。

新吾は宇津木順庵《じゅんあん》に乞われて養子になると、順庵は新吾を長崎《ながさき》に遊学させてくれた。だが、実際の遊学の掛かりは漠泉が出してくれたのだ。

漠泉はゆくゆくは娘香保の婿にする腹積もりでいたのだ。新吾はこのことに反発をした。表御番医師上島漠泉の娘婿になって栄達《えいたつ》を求めるような生き方は自分には出来なかった。新吾は深川常盤町《ふかがわときわ》で医院を開いている村松幻宗《むらまつげんしゆう》に心酔していたのだ。

幻宗は患者から一切薬礼をとらず、貧富や身分に拘らず、患者はみな平等に扱った。

幕府の表御番医師は幻宗の医者としての姿勢、生き方と正反対にあると思っていた。

だが、漠泉のひととなりを知り、表御番医師として役割がちゃんとあることに気づくようになった。富裕な患者を診るか、貧しい患者を診るか。立場の違いはあるが、患者に向かう姿勢は同じなのだ。

そういうときに、シーボルト事件が起きたのだ。

シーボルトは、ドイツ南部ヴュルツブルグの名門の家に生まれ、ヴュルツブルグ大学で医学・外科・産科の学位をとり、オランダ陸軍外科少佐に任官。

そのシーボルトが出島《でじま》商館医として長崎にやって来たのは八年前の文政《ぶんせい》六年（一八二三）七月のことだった。二十七歳である。

シーボルトは『鳴滝塾《なるたきじゆく》』を作り、週に一度、出島から塾にやって来て医学講義と診療をはじめた。全国から医学・蘭学者が『鳴滝塾』に集まって来た。

長崎にはいくつかの医学塾があったが、その塾生も週に一度、『鳴滝塾』に行き、シーボルトの講義を受けた。

新吾は長崎で、吉雄権之助《よしおごんのすけ》に師事をした。オランダ流医学を学び、家塾『成秀《せいしゆう》館《かん》』を作って蘭語と医学を教えた和蘭陀《オランダ》通詞である吉雄耕牛《こうぎゅう》の子息である。

新吾は吉雄権之助の計らいで、シーボルトの『鳴滝塾』にも通った。

シーボルトは彫りの深い顔で眼光鋭く、口のまわりや頰から顎にかけて立派な髭《ひげ》を生やしていた。三十そこそこだったが、新吾の目にはもっと年上に映った。

文政十一年（一八二八）三月に新吾は長崎遊学を終え、江戸に戻り、村松幻宗の施療院で働くことになったのだ。二十二歳だった。

その後、シーボルトが国禁の地図を海外に持ちだそうとした。このことが発覚し、シーボルトに関わった者が大勢処罰された。

漠泉は直接関わったわけではないが、処罰の対象となり、表御番医師の座を剝奪された。

「では、失礼いたします」

新吾は立ち上がりかけたが、ふと思いだして、

「潤斎さま」

と、口調を改めた。

「何か」

「漠泉のことでいろいろご心配をいただいております花村法楽さまに一度、お礼を兼

ねてご挨拶《あいさつ》をいたしたいのですが」

「そのようなことを気にする必要はない。その気持ちはお伝えしておこう」

「はい」

新吾は花村法楽に会い、漠泉との関係について訊ねたいと思ったのだ。さらに可能なら、桂川甫賢への面会を果たし、それから老中板野美濃守《いたののみのかみ》に会いたいと思っていた。

松江藩が関わる抜け荷の一件だ。

松江藩は数年に亘《わた》り、抜け荷を行ってきた。そのことで、ある人物から強請《ゆす》られ、事が露見しそうになった。このことを板野美濃守に賄賂を贈ってもみ消した。そのことに、新吾はある疑問を抱いていた。

美濃守に会ったところで抜け荷の件を追及出来るわけではない。たとえ、追及しても、しらを切られるだけだ。

ただ、美濃守に会うだけでいい。卑怯な手立てで大名から金を奪う。そのような男の顔を見てみたい。その陰で、犠牲になった者もいるのだ。

医師としての衝動ではない。事件に巻き込まれた者のひとりとして、首謀者と対峙《たいじ》したいのだ。

だが、それが叶わないことはわかっていた。

「では、失礼いたします」

新吾は挨拶をして潤斎の部屋をあとにした。

二

十日後、新吾は浮かない気持ちで筋違橋《すじかい》を渡り、柳原《やなぎわら》通りに入った。草は枯れはじめ、落ち葉が風に舞う。秋も深くなってきた。

心が締めつけられるのは目に入る物悲しい風景のせいではない。岳父である上島漠泉の気持ちが変らなかったからだ。

花村潤斎の話を勇躍して伝えたとき、漠泉は長い黙考の末に首を横に振った。今日も、そのときと同じような態度だった。

ほんとうに漠泉が今のまま町医者として生きていくことに満足しているのならいい。だが、漠泉に会いに行ったとき、その後ろ姿を見て切ない思いになった。寂しそうな背中だった。表御番医師の復帰の話を断るのは本心ではない。新吾はそう思うのだが……。

郡代《ぐんだい》屋敷の前を行きすぎたとき、巻羽織《まきばおり》に着流しの同心が浅草《あさくさ》御門のほうに駆けて行くのが目に入った。南町奉行所の津久井半兵衛《つくいはんべえ》だ。

半兵衛も新吾に気づき、向きを変えて近づいてきた。

「宇津木先生、殺しです。よろしければついていただけますか」

「わかりました」

新吾は半兵衛のあとを追った。これまでにも何度か半兵衛に頼まれ、検死をしたことがあった。

浅草御門の脇から柳原の土手に向かった。その土手下に数人がたむろしていて、その中に紺の股引きに尻端折《しりばしょ》りをし、羽織をまとった三十半ばの小肥りの男がいた。岡っ引きの升吉《ますきち》だ。

升吉が半兵衛を迎え、亡骸《なきがら》のそばに行った。新吾はその場に立ち止まった。

半兵衛はしゃがんで亡骸を検めていたが、ようやく立ち上がって新吾を呼んだ。

「お願いします」

半兵衛と入れ代わるようにして、新吾は亡骸の前に行った。手を合わせてから、亡骸を見る。

三十半ばぐらいの痩《や》せた男だ。白目を剝《む》き、口が少し開いている。じっと見つめていると、唇が動いたような錯覚がした。思わず、耳を近づけた。何かを訴えているような気がしたのだ。

顔は赤黒い。病持ちのようだ。瘦せて、肩の肉などが落ちているが、もともとはたくましい体つきだったのではないか。右肩が瘤《こぶ》のように固まっているのは常に重たいものを担いでいるからだろう。担いでいるのは天秤棒《てんびんぼう》かもしれない。左肩から袈裟懸《けさが》けに深々と斬られている。目を剝いているのは恐怖の表れだろう。体の硬直がはじまっている。死後一刻（二時間）ほどか。

体を傾けてみる。後頭部や二の腕に擦ったような跡があった。両足には擦ったような跡はない。

腹部に触れたとき痼《しこ》りのようなものを感じた。腫瘍が出来ているのかもしれない。

新吾は立ち上がって、半兵衛と升吉に説明した。

「死後一刻ほど。袈裟懸けに斬られていますが、骨まで見事に断っています。下手人はかなりの遣い手のようです」

「ええ、そこまでは」

半兵衛にもそのあたりのことはわかっていたようだ。

「それから体に引きずったあとがあります。両足にはないので、おそらく足を持って体を引きずったのだと思われます。亡骸を隠すためにここまで引きずってきたのでしょう。白昼に大胆不敵ですが、犯行はあっという間の出来事だったと思われます。人気が絶えた僅かな隙をついたのです」

「なるほど」

半兵衛は大きく頷《うなず》いた。

「それから、ホトケは腹の内に腫瘍が出来ていたようです。医者に通っていた可能性もあります」

「医者ですか」

「この痩せ方は病のせいかもしれません」

「そうですか。いずれにしろ、ホトケは財布を持っていません。盗まれたのかもしれません。物盗りでしょう」

新吾は集まってきた野次馬《やじうま》の中に饅頭笠《まんじゅうがさ》に裁《た》っ着《つ》け袴《ばかま》の武士を見つけた。その武士はしばらく新吾に目を向けていたが、ついて来いと言うようにあごをしゃくり、体の向きを変えた。

「では、私はこれで」

「ご苦労さまでした」

升吉が会釈《えしゃく》をした。

新吾は饅頭笠の侍のあとを追った。

侍は土手に上がり、新《あたら》シ橋《ばし》のほうにゆっくり歩いて行く。

「間宮《まみや》さま」

新吾は呼びかけた。

侍は立ち止まって振り返った。公儀隠密《おんみつ》の間宮林蔵《りんぞう》だ。

「わたしに何か」

「ホトケは男か女か」

林蔵はきいた。

「三十半ばぐらいの男です」

新吾は答えてから、

「あのホトケに心当たりが？」

「ない」

林蔵は言い、

「上島漠泉のところに行ってきたのか」

と、きいた。

「そうです」

「その顔つきでは思うような返事をもらえなかったようだな」

「どうして、ご存じなのですか」

新吾は驚いてきき返す。

「今さら、華やかな舞台に戻る気はないか、漠泉はそなたに負担をかけたくないのだろうよ」

新吾の問いかけに答えず、林蔵は決め付けた。

「間者《かんじゃ》ですね。間宮さまの間者が松江藩の上屋敷に潜り込んでいるのですね」

「……」

林蔵は開きかけた口を閉ざした。半纏《はんてん》を着た職人ふうの男がふたりやって来る。通り過ぎるまで待った。

「間宮さま。私に何か」

職人が行き過ぎてから、新吾は声をかけた。

だが、林蔵はすぐに答えようとしない。

「間宮さま」

「季節の移ろいは早いものだ」

林蔵は川面《かわも》を見つめながら言う。土手の柳の木もだいぶ葉を落としていた。

「最近、上屋敷で変わったことはなかったか」

いきなり、林蔵が顔を向けた。厳しい表情だ。

「変わったこと？　いえ、何も気づきませんが」

「そなたは番医師として上の者に接する機会が多いはずだ。家老や用人などの様子はどうだ？」

「どういうことですか」

「うむ」

林蔵は再び川面に目を向けた。

「屋敷内で、近頃姿を見かけなくなった者がいないか」

「姿を見かけないとはどういうことですか」

「そのものずばりだ。いなくなった者はいないか」

「私は皆さんを知っているわけじゃありませんので」

わからないと、新吾は答えた。

「うむ」

林蔵は厳しい顔で頷き、

「密かに調べてもらえぬか」

と、押し殺した声で言う。

「調べる?」

新吾は訝《いぶか》ってきいた。

「どういうことですか」

「いなくなった者がいるかどうか、もしいたら、どうしていなくなったのかをさりげなく聞き出してもらいたい」

「待ってください。私は松江藩のお抱え医師です。松江藩の内実を探るような真似など出来ません」

「探るのではない。ただ、いなくなった者がいないか知りたいだけだ」

「誰ですか。誰を考えているのですか」

「いなくなった者がいるかどうか」

林蔵は同じことを言う。

「間宮さまの間者がいるではありませんか。その者が探ることは出来ないのですか」

林蔵が間者を上屋敷に忍び込ませていると新吾は睨んでいた。常に、その者から連絡を受けていたはずだ。

「手蔓《てづる》はそなただけだ。また、顔を出す」

「待ってください」

呼び止めたが、林蔵は足早に土手のほうに去って行った。

新吾は小さくなっていく林蔵の背中を見送りながら、林蔵の言葉を反芻《はんすう》する。

間者から連絡が途絶えたのか。まさか、いなくなったというのは間者のことか。もぐり込んでいた者が間者とばれてどこかに閉じ込められたか、殺されたのか。

林蔵の姿が小さくなって、新吾は柳原の土手を下りた。


医者の看板が掛かった日本橋小舟町《にほんばしこぶなちょう》の家に帰ると、義父《ちち》の順庵がちょうど往診に出かけるところだった。

「お出かけですか」

「うむ。『美春屋《みはるや》』の隠居のところだ」

紙問屋の『美春屋』から声がかかったとき、順庵は喜んでいた。

「それより、どうであった?」

順庵がきいた。

「漠泉さまは今のままで満足だと……」

「なに。復帰の話をお受けにならないというのか」

「はい」

「なぜだ?」

順庵はきいてから、

「詳しいことは帰ってから聞こう。それより、そなたに客だ」

「客?」

「高野《たかの》長英《ちょうえい》どのだ」

「長英さまが?」

新吾は急いで私用の戸口から家に入った。

療治部屋では若い医者がふたりで通い患者を診ていた。若い医者には簡単な療治をさせ、重い病は順庵か新吾が診た。

出迎えた香保も、長英の訪問を告げた。新吾は客間に急いだ。

部屋に入ったが、長英の姿はなかった。濡縁《ぬれえん》をみると、長英が腰を下ろして庭を見ていた。

「長英さま」

新吾は声をかける。

長英は腰を上げて振り返った。

「新吾、久しぶりだ」

細面で額が広く、いかにも頭の切れそうな顔をしているが、精悍な感じもする。

今、長英は麹町《こうじまち》で町医者をしながら、蘭学を教えている。六月に麹町の家に行ったとき、長英は多くの塾生を前に蘭学の講義をしていた。

高野長英は仙台《せんだい》藩の一門の水沢《みずさわ》家家臣の子として生まれたが、九歳のときに伯父である高野玄斎《げんさい》の養子となり、医学や蘭学に目覚めていったという。

長英はシーボルトが作った長崎の『鳴滝塾』で塾頭をしていたほどの天才であり、知識はずば抜け、医術に関しても有能であった。その自負からか態度は傲岸《ごうがん》であり、他人から誤解されやすいが、根はやさしく、どんな患者にも対等に接していた。

だが、シーボルト事件の連座で『鳴滝塾』の主だったものが投獄された中、長英はうまく逃げ延び、一時深川にある村松幻宗の施療院に身を寄せていた。

そのことから新吾は長英と親しくなったのだ。だが、長英は公儀隠密の間宮林蔵に追われていた。

林蔵の追跡に危機を察した長英は九州に行くと言い置き、江戸最後の夜を新吾の家で過ごし、旅立って行った。

長英は九州に行く途上、松江藩の城下に立ち寄ったという。『鳴滝塾』でいっしょだった塾生が城下で開業していた。その話を聞いた藩主嘉明《よしあき》公は長英を招き、講義を受けたという。

嘉明公は毎日、長英を城に呼び、話を聞いた。海外では新しいものがどんどん発明されている。もっともっと海外に学ばねばならぬと思ったという。

「どうだ、番医師の勤めは？」

「おかげさまで身の丈以上のもてなしを受けております」

番医師として迎えるように嘉明公に長英が進言してくれたのだ。

「近習医の花村潤斎さまにもよくしていただいております」

三十代半ばの鼻筋の通った目の大きな潤斎の顔を思いだしながら口にする。潤斎も長英と同じように額が広い。

「長英さまは花村潤斎さまとは？」

「うむ、何度か会ったことがある」

そう言ってすぐに、

「そなたも患者が待っていよう。じつはちょっとききたいことがあってな」

と、長英は表情を引き締めた。

「なんでしょうか」

「間宮林蔵のことだ。そなたにまだ接触してくるのか」

「ときたま」

「なんのために？」

「間宮さまは松江藩の内実を探ろうとしているようです」

「内実とはなんだ？」

松江藩でのことは花村潤斎から聞いている可能性がある。ここはある程度正直に話しておいたほうがいい、と新吾は思った。

「松江藩に抜け荷の疑いがあったのです。そのことを調べているようでした」

「……」

「でも、間宮さまはその証《あかし》を摑むことは出来ませんでした」

「俺のことは？」

「長英さまのことは私からききました。そうしたら、シーボルトの件はもう終わったと言ってました」

「それ以外は？」

「いえ、何も」

長英は探るように新吾の顔を見ていた。鋭い目つきに、

「間宮さまが何か」

と、きいた。

「いや、なんでもない」

長英は急に口元に笑みをたたえ、

「長居をしてもいけない」

と、腰を上げた。

「そういえば、伊東玄朴《いとうげんぼく》はどうしている？」

「はい、忙しく患者の家を走り回っているようです」

伊東玄朴も長崎の『鳴滝塾』でシーボルトから西洋医学を学んだ。シーボルト事件に巻き込まれたひとりだ。

師の息子、和蘭陀通詞猪俣源三郎《いのまたげんざぶろう》が幕府天文方《てんもんかた》兼書物《しよもつ》奉行である高橋景保《たかはしかげやす》から頼まれた日本地図をシーボルトに届けたのが玄朴だった。しかし、町奉行の追及にも最後まで、中味を知らなかったとしらを切り通したという。

シーボルト事件の連座を免れた玄朴は、本所番場《ほんじよばんば》町に医院を開業し、その後、下谷《したや》長者町《ちようじや》に引っ越した。

貧農の家に生まれた玄朴は隣村に住む医者の下男《しもおとこ》をしながら医学の勉強をした。

長崎に行っても寺男《てらおとこ》として働きながら医学を学んだ。食う物にも事欠く暮らしをしながら医家への道を突き進んだのだ。

富や栄達を望まないという新吾の甘っちょろい考えを批判しただけあって、医者になろうとする思いは人一倍強かった。俺は、貧しさから逃れようと富や栄達を求めたからこそ、その思いが力となって堪えがたい苦労を乗り越えることが出来たのだと、玄朴は言った。

「玄朴の頭にあるのは富と栄達だ。俺のように国のため……。いや、よそう」

玄朴も長英とは生き方が違うと言っていた。そして、長英に引きずられるなと諭《さと》すように言った。

「邪魔《じやま》した」

「長英さま、ほんとうは何か他に用があったのでは?」

「いや、いいんだ」

「……」

「気にするな」

「長英さまは川路聖謨《かわじとしあきら》さまと、西洋に学ぶための勉強会を開いておられるとお伺いしました」

「潤斎どのからきいたのか」

「はい」

「そのことで何か言っていたか」

「いえ、何も」

「嘘《うそ》をつくな。長英の誘いに乗るなとでも言ったのではないか」

「……」

「どうやら、図星《ずぼし》らしいな、まあいい」

長英は苦笑してから、

「これからの我が国は西洋に学ばねばならぬ。医学だけではない、政治、経済、国防までだ。花村潤斎も同じ考えだったが、国防と聞いて腰が引けた」

「国防……」

「鎖国を解き、西洋の技術を取り入れないと、我が国は立ち行かなくなる。潤斎どのはそのことがわかっていながら、幕府のある勢力に怖じ気づいているのだ」

確かに、潤斎は西洋の技術を学ぶのはよいことだと言っていたが、政治、経済、それになにより国防にまで及ぶのはやり過ぎだと口にした。

「幕府のある勢力とは儒家の方々ですか」

林述斎《はやしじゅつさい》をはじめとする儒家との対立を気にした。江戸幕府に朱子学をもって仕える林家は始祖の林羅山《らざん》から続いており、今は林家の中興の祖と言われる林述斎が君臨している。

蘭学が儒者たちにとって目障りなものなのだろうか。

「潤斎さまは西洋の技術を学んだ者は幕閣から重用されることになるかもしれないが、蘭学を嫌う者も多いからと仰っておいででした」

「潤斎どのが恐れているのは蘭学を学んだことでよけいな……。いや、よそう」

長英は言い、

「俺はそなたといっしょに活動をしたいが、そなたは自分はあくまでも蘭方医であり、蘭学者ではないという考えを持っていることを知っている。少なくとも、今はそなたは医者だ。だが、この先、いつかそなたも何かが芽生えるかもしれない。俺はそのときまで待つつもりだ」

「私は医者の本分をまっとうしたいと思っています」

「まあいい。邪魔したな」

長英は香保にも挨拶をして引き上げて行った。

やはり、長英は広く世界を見ている。去って行く長英の背中が大きく目に映り、新吾はただ圧倒される思いだった。

三

翌朝、新吾はいつものように松江藩の上屋敷に出かけた。

番医師の詰所に行くと、葉島善行《はじまぜんこう》という番医師がきていた。三十代半ばで、顔が小さく顎が尖っている。

「おはようございます。今日はどうかなさったのですか」

新吾はきいた。葉島善行はいつもは昼から詰めることになっている。

「昨日の夕方、年寄の向川さまから呼ばれてな」

「向川さまから？」

向川主水介のことだ。

「うむ」

善行は頷き、

「目眩《めまい》がするということだった。薬を調合して差し上げたが、心配で今朝、様子を見に行ったのだ」

「そうでしたか。で、今朝はいかがでしたか」

「起き上がっておられた」

「そうですか」

新吾は応じたものの、

「向川さまはとてもご丈夫そうでしたが」

「ただ、いかんせんご高齢であられるからな」

「まだ五十前後では」

「若くはない」

「そうですね。でも、何事もなくよございました」

「目眩ははじめてらしい。おそらく、眠りが足りていないのだと思う」

「お忙しいのでしょうね」

「近頃、お休みになれないらしい。夜中に目を覚まして、ふとんに起き上がったまま一刻も過ごしてしまうことがあるようだ」

「何か悩みでも？」

「藩の重役ともなると、いろいろあるのであろう」

善行は言い、

「いったん引き上げ、また昼過ぎにこよう」

と、腰を上げた。

善行が詰所を出ていったあと、新吾は間宮林蔵の言葉を蘇らせた。屋敷内で、姿を見かけなくなった者がいないか、というものだ。

誰かがいなくなり、その心労があったのか。林蔵の話を聞いていなければ、たいして気に留めなかったが、今は気になってならない。

襖が開いて麻田玉林が入って来た。

「葉島どのとすれ違った。こんな早くに何かあったのか」

「昨日、年寄の向川さまが目眩を起こしたそうで、今朝様子を見にいらっしゃったそうです」

「向川さまが?」

「はい。今は落ち着いたそうですが」

「そうか」

玉林は渋い顔をした。

「何か、心当たりが?」

「じつは五日ほど前に向川さまから眠れないので薬を出してくれと頼まれたのだ」

「薬を調合したのですか」

「差し上げた。その後、何も言ってこられないので安心していたが……」

「向川さまを煩《わずら》わせている何かがあるのでしょうか」

「さあな」

玉林は首をひねったが、

「ただ」

と、言いかけた。

新吾は思わず玉林の顔を見つめた。しかし、声が続かない。

「ただ、なんですか」

新吾は催促した。

「いや……」

玉林は急に頭を振った。

「どうなさったんですか」

「いや、あのことと関係しているのかと……」

「あのこと？」

「いや、なんでもない」

玉林はあわてて言う。

「向川さまと関わりがあることですか」

新吾は強引にきく。

「わからん」

「いったい、何があったんですか。他言はしません。教えてくださいませんか。でないと、気になってなりません」

「関係あるかどうかはわからん」

玉林はため息をついて、

「わしから聞いたとは言わないでくれ」

「もちろんです」

玉林は話したくてうずうずしているのがわかる。

「五日前、向川さまのお屋敷に盗っ人が忍び込んだそうだ。その盗っ人を向川さまが斬り捨てたということだ」

「盗っ人は向川さまのお屋敷を狙ったのですか」

「そうらしい」

「それで、盗っ人の亡骸はどうしたのですか」

「わからない」

「玉林さまはどうしてそのことを知っているのですか」

「平医師のひとりがわしにきいてきた。向川さまの屋敷で何かあったのですかと。わしはしばらく向川さまの屋敷に行っていないのでわからないと答え、なぜそのようなことをきくのだと訊ねたところ、平医師は夜警の侍が五日前の夜中、向川さまのお屋敷から悲鳴が聞こえたと言っていた。翌日、気になったので向川さまの屋敷の奉公人に悲鳴のことをきいたら、最初は言葉を濁していたが、何度か問いかけるうちに、盗っ人が入ったと話してくれたのだ」

「なぜ、向川さまの屋敷に忍び込んだのでしょうか。隣にはご家老の立派な屋敷があるというのに」

「さあな」

「でも、盗っ人を斬り捨てたくらいで、夜眠れなくなるなんて」

「後味が悪かったのかもしれぬな」

「その盗っ人の亡骸はどうしたのかわからないのですね」

「ああ、わからない」

「そうですか」

新吾はまたも林蔵の言葉を思いだした。「最近、上屋敷で変わったことはなかったか」と林蔵はきいていた。

変わったこととは、そのことだろうか。それに、あの拷問を受けたような女中のことも気になる。

「夜警の侍がどなたかご存じですか」

「いや、聞いていない」

「平医師はどなたでしょうか」

「松井恭順《まついやすゆき》だ」

二年前に、新吾が平医師を辞めたとき、他の朋輩《ほうばい》も皆辞めており、平医師に知り合いはいなかったが、番医師になったときに挨拶を交わしている。

昼前に新吾は引き上げるとき、表長屋にある平医師の詰所に寄った。

かつて新吾が詰めていたときと中はほとんど変わっていない。部屋にふたりの医師がいて、茶を飲んで話し合っていた。ふたりとも三十半ばぐらいだ。そのうちの丸顔で目尻の下がった男が松井恭順だ。

土間に入り、新吾は声をかけた。

「松井恭順さま、ちょっとよろしいでしょうか」

「何か」

松井恭順が腰を上げて近づいてきた。

「麻田玉林さまからお伺いしたのですが、松井さまは夜警の侍から向川主水介さまのお屋敷に盗っ人が入ったという話をお聞きになったそうですね」

新吾がきくと、

「ええ、聞きました」

「夜警のお侍さんはどなたですか」

「御徒の益山又一郎《ますやままたいちろう》どのです」

恭順は言ったあとで、

「それがどうかしましたか」

と、不審そうな目できいた。

「いえ。ただ、そのような話を誰もしていません。ほんとうにあったのかと思いまして」

「向川さまが盗っ人を斬り捨てたので、誰もそのことにあえて触れないようにしているのではありませんか」

「なるほど。向川さまに気を使っているのですね」

新吾はなおも何かききたそうな様子の恭順に礼を言い、外に出た。

それから御徒衆が住む長屋に行き、益山又一郎を捜した。

西側の長屋で、益山又一郎に会うことが出来た。二十五、六歳の大柄な男だ。

「すみません、起こしてしまいましたか」

夜警のために昼間は寝ていたのだ。

「いや、起きようと思っていたところなので」

又一郎は眠そうな目で言い、

「で、なんですね」

と、きいた。

「先日の夜、向川さまのお屋敷に盗っ人が入ったそうですね」

「ええ」

「悲鳴を聞いたとか」

「そう、見回りをしているとき、向川さまの屋敷から悲鳴が聞こえました」

「男の声ですか、それとも女？」

「男です。でも、一声だけ。あとは静かになりました。よほど、門を叩こうかと思いましたが、屋敷の中は静かなので遠慮しました。でも、やはり気になり、次の日になって向川さまの屋敷の下男にそれとなく聞いてみた。そうしたら、ようやく打ち明けたのです。もっともその下男も又聞きのようでした」

「盗っ人を斬り捨てたというのですよね。奉行所には届けたのでしょうか」

「さあ、届けたと思いますが。亡骸の始末だってありますからね」

「その後、この話は広まっていませんね」

「ええ、まるで何事もなかったかのようです」

又一郎は不思議そうな顔をした。

「なぜでしょうか」

「さあ、奉公人たちは口止めされているのだと思います」

「そうですか」

その他、いくつかきいたが、特に気になる話はなかった。

新吾は長屋を出た。

松江藩上屋敷から新シ橋を渡り、柳原通りを突っ切って浜町《はまちょう》堀に差しかかったとき、前方から津久井半兵衛がやって来るのに気づいた。

新吾は近づいてから、

「殺しの下手人はわかりましたか」

と、きいた。

「いえ、まだです。ホトケの身許はわかりましたが」

「誰なんですか」

「深川の北森下町《きたもりしたちょう》に住む棒手振《ぼてふ》りの清助《せいすけ》という男です。清助の周辺を探っても他人と問題を起こした様子はないんです。ただ、手慰みをするので、そのほうを今当たっているところです」

「そうですか」

新吾は思い付いて、

「津久井さま。盗っ人が忍び込んだ先で逆に家のものに斬られたという事件はありましたか」

「いや、なんですか、それ？」

「そのようなことはなかったのですか」

「ええ、ありません。どういうことですか」

半兵衛が逆にきいた。

「そんな噂話《うわさ》を聞いたのですが、どうやら作り話のようですね」

新吾はごまかした。

半兵衛と別れ、小舟町の家に向かったが、盗っ人の件が頭から離れなかった。

拷問を受けたような女中のことと盗っ人の件、関わりがあるのか。さらにいえば、間宮林蔵の言っていたのは、このことを指しているのか。

いずれにしろ、向川主水介の屋敷で何かが起こったのだ。

家に帰り、新吾も通い患者の療治に当たった。

その夜、夕餉《ゆうげ》のとき、義父の順庵が酒を呑みながら、

「漠泉さまがなぜ、表御番医師に素直に返り咲かないのか考えてみたのだが」

と、急に言い出した。

「なぜ、ですか」

新吾はつられたようにきく。

「漠泉さまには素直に受け止められない何かがあるのではないか」

「礼金など必要ないということでした」

「そなたへの配慮ではないか」

「私への？」

「そうだ。漠泉どのが返り咲くことで、そなたは花村潤斎どの、いや花村法楽さまに大きな借りが出来ることになる。そのことが後々、そなたへの足枷《あしかせ》になるのではないかと危惧しているのだ」

「そんな心配など不要なのに……」

「表御番医師になれば、また料理屋で取り巻きに囲まれていい気持ちになれるのにな」

「漠泉さまはそんな暮らしは望んでいません」

当時、表御番医師の漠泉は木挽町に大きな屋敷を構えていた。夜ともなれば、木挽町にある『梅川《うめかわ》』という料理屋で取り巻きたちと芸者を呼んで酒宴を開いていた。しかし、漠泉は浮かれていたわけではない。貧しい絵師や俳諧師、芸人などを支援していたのだ。

その酒席に香保がいたのは香保を通して若い芸者を援助してやっていたのだ。

「私もそんな暮らしをしてもらいたいから表御番医師に返り咲いてほしいのではありません。漠泉さまの見識をもっと生かしていただきたいからなのです」

新吾は香保の顔を見て、

「今の義父上のお話、どう思う？」

「当たっているかもしれません。父は新吾さまの負担になることを恐れているのだと、私も思います」

「香保は、花村法楽さまを知っているのか」

「はい、何度かお目にかかったことがあります。父は……」

香保は言いさした。

「なにか」

「ええ」

香保は迷っていたが、思い切ったように口を開いた。

「父は花村法楽さまを嫌っていたようです」

「嫌っていた？」

新吾は戸惑いを覚えた。

「花村法楽は策士だと言ってました」

「策士……」

新吾は呟《つぶや》いてから、

「漠泉さまを復帰させるのは何か他に狙いがあるというのか」

「そうかもしれません」

「狙いは新吾、そなたのことだと、漠泉さまは思ったのではないか」

「しかし、花村法楽さまは私のことを知りません。それに、私に何か策を講じように
も私にはそのような値打はありません」

「いや、そなたには何かあるのかもしれぬ。自分では気づいていないだけで」

「そんなはずはありません」

これが高野長英や伊東玄朴であれば納得いくが、自分ごときにそれほどの値打があ
るとは思っていない。

そう考えたとき、新吾はあっと声を上げた。

「どうした?」

順庵が訝しげにきいた。

「私に値打があるとしたら……」

新吾はあわてて。

「いえ、なんでもありません」

と、続けた。

「新吾、言いかけたではないか」

順庵が不満そうに言う。

「すみません。勘違いでした」

新吾は素直に謝ったが、脳裏には村松幻宗の顔が浮かんでいた。

四

翌日の夕方、新吾は診療を終えると、香保に見送られて家を出た。

永代橋《えいたいばし》を渡る。川から吹きつける風もひんやりしていた。佐賀《さが》町を過ぎ、小名木《おなぎ》川にかかる高橋《たかばし》を渡って常盤町二丁目の角を曲がった。

八百屋、惣菜屋、米屋など小商いの店が並ぶ通りが途切れ、やがて今までと雰囲気が違う場所に出て来た。狭い間口の二階家が並び、戸口に商売女の姿がちらほら見える。軒行灯《のきあんどん》に灯が艶っぽく輝き出していた。

新吾がはじめてこの道に入ったのは文政十一年三月、枝垂《しだ》れ桜が盛りを迎えていた頃だった。

さらに古ぼけた家並みが続き、空き地の先に大名の下屋敷の塀が見える。その手前に、掘っ建て小屋と見紛《みまが》う大きな平屋があり、庇《ひさし》の下に『蘭方医幻宗』と書かれた木の札が下がっていた。

三年前とまったく変わっていない。

戸口に立つと、まだ患者がいるらしく土間に履物が数足並んでいた。

新吾は黙って上がり、奥に向かう。医者の助手をし、さらに患者らの面倒を見ているおしんが出てきて、

「新吾さん、いらっしゃい。先生はもう少しで上がります」

と声をかけた。

「じゃあ、いつもの場所で待たせてもらいます」

新吾は庭に面した濡縁に行く。

仕事を終えたあと、幻宗は濡縁に胡座《あぐら》をかき、庭を見つめながら湯呑み一杯の酒を呑んで疲れをとるのが習いであった。

新吾はいつも幻宗が座る場所の近くに座った。庭に葉が落ちていた。

幻宗は患者から金をとらない。施療院を続けていくのに必要な金を、どこからどうやって得ているのか。長い間、謎だったが、ようやくある手掛かりを得た。

幻宗は以前、松江藩のお抱え医師だった。そこを辞めたあと、全国の山野を巡って薬草を収集していたのだ。

幻宗はどこかで薬草園を開いている。そこではケシの栽培もしている。そして、も

っとも利益が大きいのは高麗人参だ。

松江藩は国元で高麗人参の栽培をしていた。幻宗はそこに行き、その栽培方法を身につけたのだ。今では大がかりに高麗人参の栽培をしている。おそらく、そこが施療院を営んでいく元手になっているのではないか。

足音がして、新吾は我に返った。幻宗がやって来た。

「お邪魔しています」

新吾は居住まいを正した。

「うむ」

幻宗は鷹揚に言う。浅黒い顔で、目が大きく鼻が高い。肌艶は若い。四十歳になるはずだった。

「また、何かあったのか」

幻宗がいきなりきいた。

「何かなければ来ないではないか」

「恐れ入ります」

新吾は恐縮して頭を下げた。

おしんが湯呑みになみなみと酒を注いで運んできた。

「どうぞ」

幻宗の横に置く。

「うむ」

幻宗は頷き、湯呑みを摑んだ。

幻宗にとってこの瞬間が一番の心が休まるときなのだろう。それ以外は常に医師幻宗でいるのだ。

新吾は幻宗が声をかけるまで邪魔せずに待った。

幻宗は湯呑みを口から離して新吾に声をかけた。

「話は？」

「はい」

新吾は応じてから、

「先生は表御番医師の花村法楽さまをご存じでいらっしゃいますか」

「知っている」

「どのようなご関係なのですか」

「長崎で何度か会った」

幻宗は吉雄耕牛の私塾で蘭学を学んだのだ。吉雄耕牛は蘭通詞であり、和蘭陀流医学も学んで家塾『成秀館』を作り、蘭語と医学を教えた。多くの門人がおり、江戸蘭学の祖と言われた杉田玄白《すぎたげんぱく》もそのひとりである。

「では、花村法楽さまも吉雄耕牛さまの私塾に？」

「そうだ」

新吾の師である吉雄権之助は吉雄耕牛の妾の子である。子どもの頃より和蘭陀語の達人で、さらに蘭医について外科学も修めた。権之助は父耕牛のあとを継ぎ、若い蘭方医の育成をしている。新吾はそこで五年間修業を積んだのだ。

「花村法楽さまはどのようなお方ですか」

「なぜ、法楽のことを気にするのだ？」

幻宗は顔を向けた。

「法楽さまは岳父漠泉の表御番医師復帰に向けてお力を貸してくれているのです。ところが、漠泉は素直に受けようとはしません」

新吾は事情を説明した。

「法楽さまは漠泉の復帰を利用して私に恩を売ろうとしているのではないか。その狙いは幻宗先生ではないか……」

「花村法楽とわしは相いれぬものがある。今さら、法楽がわしに近づこうなどとは考えられぬ」

幻宗はきっぱりと言い、

「それとも、そなたは法楽がわしを必要とするわけが想像出来るのか」

と、逆にきいた。

「いえ」

新吾は素直に答える。

「順庵どのが言うように、法楽がそなたに恩を売ろうとしているとも考えられるが、あくまでも狙いは漠泉どのであろう。漠泉どのに恩を売りたいのではないか」

「法楽さまにどんな益がおありなのでしょうか」

「わからぬ」

幻宗は湯呑みの残りをいっきに呑み干してから、

「そういえば、漠泉どのには息子がいたな」

と、口にした。

「はい。良策《りょうさく》どのです。蘭方医の武藤良相《むとうよしみ》さまの娘婿になっております。まさか、狙いは武藤さまの……」

良策とは香保との祝言《しゅうげん》のときに会ったきりだ。

「いや、考えすぎればなんでも疑ってかかることになる」

「漠泉は法楽さまの好意を受け入れるか断るべきかどちらだと思われますか」

新吾はきいた。

「漠泉どののお気持ちを尊重すべきかもしれぬ。もう表舞台には出たくないのか、そなたへの負担を考慮してなのか。あるいはもっと他に何かあるのか。いずれにしろ、周囲が勝手な憶測を持つべきではない」

「そうですね」

「もっともよいのは漠泉どのの本心を知ることだが……」

幻宗は難しいという顔をした。

「先生、ありがとうございました」

礼を言い、腰を上げたとき、おしんがやって来た。

「先生、今、清助さんの妹というひとがお見えです」

「なに、清助の？」

幻宗は表情を変え、

「すぐ客間に通せ」

「はい」

おしんは戻っていく。

「清助さんというのは？」

「腹の腫瘍で療治に通っていた男だ。ここ数日、顔を出さない。妹が来たのは清助に何かあったのかもしれない」

そう言い、幻宗は客間に行こうとした。

「先生、先日、柳原の土手で清助という男が殺されました。たまたまその場に行き合い、検死をしました。腹部に痼りがありました」

「ついて参れ」

幻宗は新吾に言い、客間に向かった。

すでに、客間に二十七、八歳ぐらいの小肥りの女が蒼白い顔で控えていた。

幻宗は女の前に腰を下ろし、新吾も幻宗の横に座った。

「清助の妹のおとよでございます」

女がさっそく口を開いた。

「幻宗だ」

「兄がお世話になっておりました。じつは兄は先日殺されました」

「……」

その瞬間、幻宗は目を閉じた。

おとよは清助が柳原の土手で殺されたことを話した。

「顔を出さないのでどうしたのか心配していたのだが……。そうか、そのようなことになっていたのか」

「下手人はまだ見つかっていません」

おとよは厳しい表情で、

「先生、兄はお腹に痼りが出来ていました。治るものだったのでしょうか、それとも手の施しようもなかったのでしょうか」

「なにもしなければもって半年、ちゃんと療治をすれば、一年は生きられた」

「そんなに悪くなっていたのですか」

おとよはしんみり言い、

「兄はそのことを知っていたのでしょうか」

「はっきり告げたわけではないが、自分のことはわかっていたようだ」

「そうですか」

おとよは俯《うつむ》いた顔をすぐ上げて、

「私は三年前に亭主に死に別れ、女手ひとつで仕立ての仕事をしながら三人の子を育ています。暮らしは苦しいのですが、兄が支えてくれていました。といっても兄も余裕があるわけじゃありません。ただ、独り身でしたから……」

「まだ死ぬわけにはいかないのだと、清助は言っていた。そなたたちの面倒を見ているからだったのだな」

幻宗は言う。

「じつは先生、兄は妙なことを言っていたのです」

「妙なこと？」

「まとまった金が手に入るかもしれないと」

「まとまった金？」

「はい。その次の日に殺されたんです」

「……」

「同心の津久井さまにこの話をしました。津久井さまは悪い仲間に加わっていたのかもしれないと言ってましたが、兄はどちらかと言うと小心者で、大それたことが出来るような男ではないんです」

「……」

「でも、もし自分が病気であと何年も生きられないと知っていたら、私たちにお金を残そうと……。でも、そこまで私たちは切羽詰《せっぱつ》まっていませんでした。だから、兄はなにも無理する必要なかったのです」

「清助がなにをしようとしていたかは思い当たらないのか」

幻宗はきいた。

「思い当たりません」

「先生、よろしいですか」

新吾は幻宗に断ってからおとよに声をかけた。

「私は清助さんが亡くなっていた場所にたまたま通りかかった宇津木新吾と申します。清助さんは柳原の土手で殺されました。あちらにどんな用事があったのかわかりませんか」

「行商ですからあちこちまわっていたんだと思います」

「殺されたのはまだ陽が沈む前です。その日は商売を休んでいました。商売以外で、あちらに行っているんです」

あの日、なんらかの用事で北森下町から両国橋《りょうごく》を渡って柳原の土手に行ったのだ。

「わかりません。兄はただまとまったお金が手に入ると言っただけで、どうして手に入るのかときいても答えてくれませんでした」

「そうですか」

「夜分にお邪魔して申し訳ありませんでした」

おとよが挨拶をして引き上げようとした。

「住まいは？」

幻宗はきいた。

「佐賀町です」

「なら、それほど遠くない。もし、困ったことがあれば、遠慮なく訪ねてくるのだ」

「ありがとうございます」

「新吾。途中だ。送ってやるといい」

「わかりました」

新吾はおとよと共に施療院を出た。

「清助さんは独り身だったのですか」

「ええ。好きなひとがいたようですが、うまくいかなかったみたいで。でも、こうなってみると独り身でよかったと思います。悲しむ者が少ないぶん……」

おとよは涙ぐんだ。

「ただ、こんな死に方をしたことが可哀そうでなりません」

「そうですね」

「仮に長生き出来なかったとしても、ふとんの上で私や子どもたちに看取られてあの世に行けたはずです。兄は子ども好きでした。私の子をとても可愛がってくれて。いつも来るたびに、お土産《みやげ》を持ってきてくれて」

小名木川沿いを大川《おおかわ》のほうに向かい、やがて佐賀町に差しかかった。

「きっと下手人は見つかります」

「ええ」

町筋の途中にあった長屋木戸の前で、おとよは立ち止まった。

「私の家はここです」

「幻宗先生も仰ってました。何か困ったことがあったら、幻宗先生をお訪ねください」

おとよは会釈をして木戸を入って行った。

新吾はそのまま歩き、永代橋の袂で立ち止まった。

振り返ると、饅頭笠の武士が近づいてきた。さっきからついてきているのに気づいていた。

「間宮さま」

新吾は会釈をする。

間宮林蔵は近づいてきて、

「何かわかったか」

と、いきなりきいた。

「誰かがいなくなったという話は耳にしません。ただ、妙なことがふたつ」

「妙なこと。なんだ？」

林蔵はくいつくように迫った。焦っているようだ。落ち着きを失っている林蔵をはじめて見た。

「いずれも年寄の向川さまのお屋敷でのことです。ひとつは、折檻されたお女中を治療しました」

「折檻？」

「向川さまの奉公人と恋仲だったそうです。お女中が他の男に色目を使ったと思い込んで、その奉公人が折檻したということでしたが、私には拷問に遭ったように思えました」

「拷問……」

「そのお女中は奥勤めの女中に似ているのですが、奥勤めの者が向川さまの屋敷にいるのが妙ですし、奥の方からも女中がいなくなったという話も聞こえてこないので、単に似ている女だったということだと思います」

「それから」

林蔵は厳しい顔で促す。

「もうひとつは向川さまの屋敷に盗っ人が忍び込んだそうです。その盗っ人を向川さまが斬り捨てたそうです」

「……」

「ところが、奉行所には届けていないようです。盗っ人の亡骸をどうしたのか、わかりません」

「そうか」

「ひょっとして、間宮さまが送りこんだ間者から連絡が途絶えたのではありませんか」

「……」

林蔵から返事がなかった。

「そうなんですね」

「うむ」

「拷問を受けた女は奥勤めのおきよというお女中に似ていました」

「おきよは生きているのか」

「わかりません。私が療治をしたあと、音沙汰《おとさた》なしなのです」

「どうなっているか、探ってくれぬか」

「無理です」

新吾は断った。

番医師の身で公儀隠密の手助けをするなど出来るわけはない。松江藩に対する背信だ。

「わしの手助けをしてくれとは言っていない。そなたが療治した女が奥女中のおきよではないかという疑問を解明してくれればいいのだ」

林蔵は声を落としていう。

「おきよという奥女中を拷問にかけて、なにを聞き出そうとしたのでしょうか。仲間の間者でしょうか」

「そうであろう」

「おきよと間宮さまの連絡に誰かいたのですね。誰ですか」

「与助《よすけ》という中間だ」

「間者はふたりだけなのですか」

「そうだ。それに、間者というが、何かを探らせているわけではない。ふつうに奉公していて耳に入ったことを与助を介して聞いていただけだ」

「抜け荷の件は？」

「探らせていない」

「ほんとうにふつうに過ごさせていたのですか」

「そうだ」

「では、どうして間者だとわかったのでしょうか」

「そこがわからぬ。何か気になることがあってひとりで調べだしたのか」

「わかりました。今のこと、それとなく注意をしておきます」

「頼んだ。では」

林蔵は足早に永代橋を渡って行った。

新吾も遅れて橋を渡った。肌身に冷たい川風が下から吹き上げてきた。

五

翌日、新吾は松江藩上屋敷に行き、番医師の詰所に荷物を置いてから、並びにある近習医の部屋に行った。

花村潤斎はもう来ていた。

「潤斎さま。ちょっとよろしいでしょうか」

新吾は声をかけて、部屋に入った。

「何かな」

潤斎は穏やかな目を向けた。

「お願いがございまして」

新吾は口を開く。

「法楽さまとの面会の件か」

「いえ。じつは……」

新吾は言いよどんでから、

「奥女中の喜代次《きよじ》さま付きのお房《ふさ》という女中がいらっしゃいます。お房さんにお会いしたいのですが、お取り次ぎいただけないかと思いまして」

「お房？　確かにいたな」

潤斎は笑みを浮かべ、

「いいだろう」

「いえ、そういう意味ではありません」

潤斎が誤解していると思ってあわてて言う。

「まあ、いい」

奥御殿のほうは藩主の寝所、奥方の居間、化粧部屋などがある。奥御殿と別棟になっている長局《ながつぼね》の建屋に奥女中やその下役の女中が住んでいる。

「わかった。これから奥方の診察に向かうので、お房にそなたのことを話しておこう。部屋で待つがよい」

「ありがとうございます」

「それから漠泉どのの件、いい返事を頼む。法楽さまもせっかくその気になっておられるのでな」

「わかりました。近々、漠泉に会いに行ってみます」

新吾は詰所に戻った。

半刻（一時間）後、襖の外で女の声がした。

「宇津木先生」

「はい」

新吾は急いで立ち上がって襖を開けた。

「お房です。潤斎さまからお伺いするように仰せつかりました」

「どうぞ、お入りください」

麻田玉林はきょうは休みで、部屋には勘平がいるだけだ。

「失礼します」

お房は入ってきて、

「その節は失礼いたしました」

お房は奥方付きの喜代次という奥女中の下で働いている。以前に、お房に頼まれて朋輩の女中の療治をしたことがある。

新吾はお房と対座してから、

「つかぬことをお伺いいたしますが、おきよさんはいらっしゃいますか」

「……」

お房は微かに細い眉を寄せた。

「どうなのですか」

「なぜ、おきよさんのことを？」

「おきよさんに何かあったのですね」

新吾は迫るようにきく。

「おきよさんは急の事情で宿下がりしました。まだ、戻っていません」

「宿下がり？　いつですか」

「半月ほど前です」

「その話はおきよさんから聞いたのですか」

「いえ、喜代次さまです」

「喜代次さまはおきよさんから聞いたのでしょうか」

「いえ、高見左近《たかみさこん》さまからだそうです」

「喜代次さまが直に聞いたわけではないのですか」

「そうです。あの」

お房は不審そうな目を向け、

「おきよさんに何かあったのですか」

と、きいた。

「半月前、お屋敷内のある場所で、怪我をしたお女中の診療しました。そのお女中がおきよさんに似ていたのです」

「……」

「ある場所とはどこですか」

「それは……」

「仰ってください。私だって知っていることをお話ししました。宇津木先生も隠さずに教えてください」

「わかりました」

新吾は居住まいを正し、

「年寄の向川主水介さまの屋敷です」

と、告げた。

「恋仲の男に嫉妬で折檻されたというだけで、向川さまは詳しい話をしてくれませんでしたが、私は折檻とは思えません」

「どうしてですか」

「お女中の手足首に結わかれたあとがありました。縛り上げた上で、竹刀か何かで背中を叩いたようです。折檻ではなく、拷問です」

「拷問?」

「お女中から何かを聞き出そうとしたのです」

「何をでしょうか」

「わかりません」

おそらく、間者の仲間を聞き出そうとしたのだろう。

「私はそのときのお女中がおきよさんに似ていたので心配になったのです。ほんとうにおきよさんは宿下がりをしているのか。それに、あのお女中のことも」

「わかりました。きいてみます」

「なんだか探っているように思われても困ります」

間宮林蔵の件は話すわけにはいかない。

「はい。さりげなく振る舞います。何かわかったらお知らせいたします」

お房はあわただしく引き上げて行った。

「新吾さま」

勘平が呼びかけた。

「向川さまの屋敷にそのお女中の容態を診にいけないのですか」

「うむ。半月経っているからな」

いまになってききにいくのは不自然だろう。

「私が行って看病していた女中にきいてきましょうか。宇津木先生が心配していたので確かめにきたと言って」

「そうだな」

新吾は迷った。

「私が勝手にやったということにすれば……」

確かに、患者のことを気にかけるのは医者として当然だ。

おきよが林蔵の間者かどうかは問題ではない。ひとりの女の生死がかかっているのだ。そう思えば悠長なことを言っている場合ではない。

もっと早い時期に確かめるべきだったのかもしれない。それをしなかったのは怠慢だと、新吾は自分を責めた。

「では、そうしてもらおうか。何か咎められたら、私に言われてきたと言っていい」

「わかりました」

勘平は部屋を出て行った。

四半刻（三十分）後に、勘平が戻ってきた。

浮かない顔つきに、新吾はため息をついた。

「看病していた女中に会えました。患者の女中のことをきいたら、怪我が治って奉公を辞めていったと言いました」

「どうだった？」

「今はもういないということか」

「はい。実家はどこかと聞いたのですが、わからないと。最後に名前をきいたのですが、忘れたと」

「忘れた？」

新吾は顔をしかめ、

「やはり、口止めされているようだな」

「あの屋敷にいるようには思えませんでした。あのあと、どこかに移したのでしょう」

「それならいいが……」

まさか死んでいるのではと、新吾は胸が締めつけられた。

「それから、ついでに、盗っ人に入られたこともきいてみました。そうしたら、私は何も知りませんと言い、逃げるように奥に引っ込んでいきました」

「そうか」

やはり、あの女中はおきよで林蔵の間者だと見破られたのであろう。拷問にかけられた。そして、仲間の与助の名を出したのではないか。

昼になって、葉島善行がやって来た。

「葉島さまはいつぞや、向川さまが目眩をするというので治療に当たられましたね」

「ああ、診察した。たいしたことではなかった。心労だろう」

「そうでしたね」

新吾は応じてから、

「屋敷内の様子に変わったことはありませんでしたか」

と、きいた。

「どういうことだ？」

「いえ、向川さまのことを心配して、家の方々も気を重くしていたのではないかと」

「そんなことはなかったと思うが」

善行は首を傾げ、

「そういえば、ご妻女《さいじょ》どのが心配そうに付き添っておられた。ご妻女どのは必要以上に病状を気になさっておられた」

「ご高齢だからでしょうか」

「そうであろう」

「診察に赴かれた前の夜、向川さまのお屋敷に盗っ人が入るという騒ぎがあったそうですが、ご存じでしたか」

「あとで、麻田さまから聞いた。麻田さまも向川さまが夜眠れないというのでお薬を差し上げたそうだ」

「ええ。半月ほど前から向川さまはお疲れだったようですね」

「そうだの」

当然ながら、善行はまったく異変に感づいていないようだった。

「じゃあ、私はこれで」

新吾は詰所を出た。

門に向かう前に中間部屋に向かった。

長屋から若い中間が出てきたので、新吾は声をかけた。

「もし、中間の与助さんはいらっしゃいますか」

「与助さんはいません」

「いない?」

「辞めたそうです」

「辞めた？　いつのことですか」

「半月前ぐらいから見てませんね」

「本人から辞めるという話を聞いたんですか」

「いえ、いつの間にかいなくなっていた。誰かが辞めたそうだと言っていたんですよ」

「そうですか」

あまりしつこくきくと変に思われるので、新吾は適当に挨拶をして中間と別れた。

やはり、同じ時期におきよと与助がいなくなっている。

向川は何らかの理由からおきよが間宮林蔵の間者であると見破り、おきよを拷問にかけて仲間の名を白状させた。おきよは中間の与助の名を口にした。

それで、与助を屋敷に呼び寄せ、殺したのではないか。盗っ人が忍び込んだので向川が斬り捨てたと言っているが、実際は与助を成敗したのではないか。

ただ、わからないのはおきよがどうして間者だとわかったのか。間者だとしても、屋敷から追い出すだけですまなかったのか。

ふたりは何かの秘密を嗅ぎつけたのかもしれない。それが外に漏れるのを防ぐために、ふたりを殺したのではないか。

そうでなければ、ふたりを殺す必要はない。殺せば死体の始末にも困るし、奉行所の者に知られれば探索がはじまる。

また、間宮林蔵に怨みを買う。諸々のことを考えたら、殺しには危険が大きい。やはり、口封じだ。

いったい、ふたりは何を摑んだのか。

数か月前、松江藩は乾物問屋と海運業を営んでいる豪商『西国屋《さいごく》』とつるんで抜け荷をしていた。間宮林蔵はそのことを探っていた。

五年前、林蔵は抜け荷の証を摑み、大坂町奉行所に伝えた。だが、途中で、大坂町奉行所の探索が中止になった。

老中板野美濃守が探索をやめさせたのだ。その見返りに、松江藩は美濃守に多額の謝礼を贈った。

そして、今年の七月、何者かが抜け荷の証を摑み、松江藩に強請をかけてきた。一万両を出さなければ奉行所に抜け荷の証を持っていくというのだ。

だが、松江藩は強請の相手に金を渡さなかった。そして、もう一度、美濃守にもみ消しを頼んだのだ。

この謝礼に五千両が美濃守に渡った。そして、松江藩は今度こそ、抜け荷をやめることになったのだ。

この一連の騒動に、おきよはたいして間者としての働きはしていない。上屋敷が緊迫した雰囲気にあるということぐらいは林蔵に伝えただろうが、詳しいことまでおきよは摑んでいなかったようだし、また林蔵もおきよにそこまで期待していなかった。だから、おきよが秘密を摑むことは考えにくいし、今も松江藩にそれほどの秘密があるだろうか。

新吾は腑に落ちないまま、上屋敷を出て、小舟町の家に帰った。


ふつか後の朝、新吾が松江藩の上屋敷の門をくぐって御殿の玄関に向かいかけると、ふいに大柄な若い武士が目の前に現われた。

「益山どの」

御徒の益山又一郎だ。

「お待ちしていました」

又一郎が新吾に近付き、

「じつは、向川さまの屋敷の奉公人が私を訪ねてきたんです。向川さまが盗っ人を斬ったというのは間違いで、ほんとうは逃がしてやったということです」

「逃がした? 盗っ人を逃がしたと言うのですか」

新吾は不思議そうにきいた。

「そうです」

「なぜ、逃がしたのでしょう」

「盗っ人が当屋敷の中間だったからだそうです」

「中間? 名は?」

「与助です」

「……」

「言われてみれば、近頃、与助の姿を見ていません。上屋敷から逃げて行ったんです」

「なぜ、今になってそんなことを……」

「間違ったことを話してしまい、気にしていたそうです。だから、わざわざ私のところまでやって来たということです」

「あなたは、その話をどう思いましたか」

「そう言うのだからそうなのだろうと」

「悲鳴を聞いたのですよね」

「ええ。聞きました」

「断末魔の悲鳴ではなかったのですか」

「今から思うと違ったようです。それに、盗っ人が与助なら、怪しまれずに上屋敷から出て行くことが出来ます」

又一郎は素直に信じているようだ。

「与助さんは盗みを働くような男だったのでしょうか」

「眼光が鋭く、すばしこい男でした。盗っ人と聞いて驚きましたが、意外な感じはしませんね」

「そうですか」

「私も宇津木先生に嘘を伝えたことになるので、正しておかねばならないと思いまして」

そう言い、又一郎は去って行った。

なぜ、今になって……。そのことを考えながら、新吾は番医師の詰所に行った。

第二章　情死

一

番医師の詰所に着くのを待っていたかのように若い武士がやって来た。

襖を開け、

「宇津木先生、ご家老がお呼びです。お屋敷のほうです」

と、声をかけた。

「何か体に？」

「いえ、診察ではないそうです。お願いいたします」

「わかりました」

新吾は部屋を出て、江戸家老宇部治兵衛《うべじへえ》の屋敷を訪れた。

治兵衛は新吾を藩医として招いてくれたひとであった。そもそもは、高野長英が藩主嘉明公に推薦してくれたのだが、実際に動いてくれたのは治兵衛だった。

女中の案内で、居間に行くと、治兵衛が待っていた。

「失礼いたします」

新吾は治兵衛の前に畏《かしこ》まった。

「来てもらったのは他でもない。そなたに話しておくほうがよいと思ってな」

治兵衛がいきなり本題に入った。

「はい」

「そなた、奥女中のおきよのことを気にしているようだな」

もう治兵衛の耳に入ったのかと、新吾は息を詰めた。

「なぜだ?」

「はい。半月ほど前に向川さまのお屋敷で怪我をしたお女中を診察いたしました。その女中がおきよどのに似ていたんです」

新吾は説明をする。

「向川さまはそのお女中の怪我は折檻されたものだと仰っておいででした。その後、回復したのか気になっていたのです。すると、おきよどのは宿下がりをしたと……」

「そうだ。傷は順調に回復し、宿下がりをしている」

治兵衛は言い、

「それで納得したか」

と、きいた。

「実家はどちらなのでしょうか」

「なぜだ?」

「出来たら見舞いがてら様子を見たいのです。傷跡が残らないか」

「心配ない。他の医者に診てもらったそうだ」

「なぜ、折檻に遭ったのでしょうか」

「掟に背いた罰だ」

「何をしたのでしょうか」

「そなたが知る必要はない」

治兵衛は厳しく言う。

「では、ひとつお訊ねしてよろしいでしょうか。中間の与助という者が向川さまの屋敷に忍び込んだそうですね。盗っ人だということでした」

「……」

「最初は向川さまに斬り捨てられたと聞きましたが、後に逃がしてやったと……」

「そこまで気にしているのなら話そう。ただし、このことは他言無用だ」

「わかりました」

「おきよが掟に背いたと言ったが、じつはおきよは与助と情を通じていたのだ。奥でのことを寝物語に話すこともあったようだ」

「まさか」

新吾は思わず大声を出し、

「どうして、ふたりが情を通じていたことがわかったのですか」

「与助が奥に忍んで行ったところを何度か見ていた者がいる。それで、おきよを問いつめたところ、与助の名を出したそうだ」

「おきよどのは折檻されたということですが、私の印象は拷問を受けたように思えました。相手の名を聞き出すために拷問を加えたのでしょうか」

「いや、掟を破った罰で折檻されたのだ」

「それで折檻とはひどい仕打ちのように思えますが。単なる奉公人ではありませんか。ふたりを屋敷から放逐すればいいだけの話ではありませんか」

「……」

治兵衛は口元を歪めた。

「向川さまはそんなに情を通じることが許せなかったのでしょうか」

「確かに厳しい仕打ちではあるが、規律を守るためには仕方ないことだ」

「でも、誰もおきよどのが折檻されたことを知らないようです。見せしめにしなければ意味がないように思えますが」

新吾は矛盾をついた。

「やはり、私には拷問のように思えます。おきよどのは容易に与助の名を明かそうとしなかった。だから、拷問を加え、相手の名を聞き出したのではありませんか」

「そこまでして相手の名を聞き出すほどのこともあるまい」

「だとしたら、折檻をする必要はないと思いますが」

「おきよに反省の色が欠けていたからだろう」

「それは向川さまのご説明ですか」

「そうだ」

治兵衛は厳しい声で言ったあと、

「それとも何か別の見方でもあるのか」

と、新吾を睨み据えた。

「それは……」

新吾は返事に窮した。

間宮林蔵の間者であることを見破られ、おきよは拷問を受け、与助の名を出したのだ。しかし、そのことを口にすることは出来ない。

「よいか。もうこの件は済んだのだ。ふたりの名誉のためにもこれ以上は騒ぐではない。よいな」

「おきよどのはまた戻ってくるのですか。それともこのまま辞めてしまうのですか」

「わからぬ。本人次第だ」

「与助は辞めさせたのですね。なぜ、おきよどのだけは本人次第なのですか。それに、掟を破った罰なら与助も折檻されて当然では？　ひょっとして、与助も折檻されているのでは？」

「おきよと与助ではまったく違う。おきよは奥勤めだ。中間の与助とは立場が違うのだ」

治兵衛はいらだったように言う。

「ひとつ、お伺いしてもよろしいでしょうか」

「何か」

「なぜ、おきよどのの件を向川さまが始末を？」

「一番の長老の向川どのの意見はそれなりに重みがある。向川どのは家臣たちの不始末を許せないのだ」

「ご家老が裁きをくだすのではないのですか」

「重役たちはみな向川どのの意見に同調する傾向にある」

治兵衛は顔をしかめた。

「何か、ご家老と意見の合わないことがあるのですか」

「いや、ない」

治兵衛は言ってから、

「ご苦労であった。もう下がってよい」

「板野美濃守さまの件はどうなったのでしょうか」

新吾はきいた。

「もう済んだのだ。蒸し返すことはない」

「ほんとうに済んだと言えるのですか。強請の件で動き回っていた男、偽の戸川源太郎《とがわげんたろう》はのうのうとしているのではありませんか」

戸川源太郎は国家老の八田彦兵衛《はったひこべえ》の子飼いの家来だ。八田彦兵衛は松江藩の御家騒動の責任で天誅が下された。

死に追い込んだ藩主嘉明公を恨んで、戸川源太郎は松江藩の改易を目論《もくろ》んだ。それが抜け荷の件での強請の真相かと思った。

だが、戸川源太郎と名乗ってあちこちに出没した男は偽者だった。実際は老中板野美濃守の家来だったと考えられるのだ。ちなみに本物の戸川源太郎は八田家に女中奉公していた女と大坂で暮らしていると間宮林蔵が言っていた。

松江藩では抜け荷の摘発を免れるために美濃守に五千両を渡したと思い込んでいるが、実際は美濃守が松江藩から五千両を奪う企みに踊らされただけなのだ。

「確かに、そなたの言うとおりかもしれない。だが、明確な証がないのに美濃守さまを糾弾《きゆうだん》したらどうなるか。証がない以上、何も出来ぬ」

「泣き寝入りをするということですね」

「止むを得ない」

確かに、治兵衛の言うとおりだ。戸川源太郎と名乗った男が老中板野美濃守の家来であるという証はないのだ。

捜したくとも、新吾は偽の戸川源太郎の顔を知らないのだ。一度、駒形《こまがた》堂の前で相対したことがあるが、相手は頭巾で顔を隠していた。その男を捜し出すことは難しい。

新吾はため息をつき、

「では、失礼いたします」

と、腰を上げた。

部屋を出ようとしたとき、治兵衛がきいた。

「最近、間宮林蔵と会ったか」

新吾ははっとしたが、平静を装い、

「いえ、抜け荷の件以来、お会いしていません」

と、答えた。

「そうか」

「何か」

「いや、なんでもない。ごくろうだった」

新吾はふとその場に腰をおろし、思い切って口を開いた。

「ご家老さま。おきよどのと与助のふたり、もはや生きていないということはないのでしょうか」

「何をばかな」

治兵衛に狼狽《ろうばい》の色が見えた。

「なぜ、そう思うのだ？」

「おきよどのにしても与助にしても、誰も上屋敷を出て行く姿を見ていないのです。まるで、突然消えてしまったようです」

「親しい者には挨拶をして出て行ったはずだ」

治兵衛は憤然《ふんぜん》と言う。

「わかりました」

新吾は引き下がった。

「では」

新吾は一礼して部屋を出た。

詰所に戻ると、麻田玉林が勘平と話していた。勘平は如才《じょさい》がないので、玉林も安心したように相手をしている。

「お帰りなさい」

勘平が新吾に声をかけた。

「ご家老のところだそうだな」

玉林がきいた。

「はい」

「なんだった？」

「いえ、奥勤めのお女中のことで」

「奥勤めのお女中のこと？」

「ええ」

「そうか。ところで、さっき、松井恭順が知らせにきた。向川さまの屋敷に盗っ人が入った件だが、向川さまが盗っ人を斬ったというのは間違いで、ほんとうは逃がしてやったそうだ。その盗っ人は中間の与助という男だったらしい」

「……」

「向川さまが斬ったという噂が流れて、打ち消しにかかっているようだ」

「私もその話は夜警をしていた益山又一郎という御徒から聞きましたが……」

「しかし、妙だとは思わぬか。与助がなぜ向川さまのところに盗みに入るのか」

「はい。私も与助が盗っ人だとは信じられません」

新吾は治兵衛から聞いた話をすべきかどうか迷ったが、口をつぐんだ。いずれにしろ、治兵衛の話も事実とは違うのだ。

「その後、向川さまの心労のほうはいかがでしょうか」

「お呼びがかからぬ。もうだいじょうぶなのだろう」

「そうですか」

その話はそれきりで終わった。

昼過ぎに、新吾は勘平と共に松江藩の上屋敷を出た。

三味線堀の脇を通り、向柳原《むこうやなぎわら》から新シ橋に差しかかった。すると、饅頭笠の武士が橋の向こうに立っていた。

間宮林蔵だ。林蔵は新吾と目が合うと、すぐに上流のほうに歩きだした。ついてこいと背中が言っている。

新吾はあとに従った。和泉《いずみ》橋の袂を過ぎ、林蔵は柳森《やなぎもり》神社の境内《けいだい》に入った。

新吾も鳥居をくぐった。

「ここで待っていてくれ」

勘平に言い、新吾は境内に入る。

林蔵は社殿の裏手で待っていた。

「おきよと与助、ふたりとも姿を消した」

「おきよさんの実家はどこですか」

「本郷《ほんごう》の酒屋の養女ということで上屋敷に奉公した。しかし、そこに知らせはない」

「ほんとうの素姓は？」

「浪人の娘だ。器量と度胸のよさに惚れ、わしが密偵にした」

「そうですか」

「与助は親なし子だ。わしが密偵に仕込んだ」

林蔵は暗い顔をし、

「もはや、殺されたと考えるしかない。わしの責任だ」

と、苦しそうに言った。

「間者だとわかって、殺したのでしょうか」

「おきよは拷問に耐えきれず、わしの名と与助のことを口にしたのであろう。ふたりを殺したのはわしへの抗議だ」

「そこまでするでしょうか」

新吾は腑に落ちなかった。

「ふたりの亡骸は屋敷内のどこかに埋められたか、深夜ひそかに外に運び出されたか。いずれにしろ、人目につかないところにふたりは……」

林蔵は白目を剝き、唇を嚙んだ。これほどの苦渋に満ちた顔をかつて見たことがなかった。

新吾も暗い気持ちになって林蔵と別れ、勘平とともに鳥居を出た。そのとき、土手を駆け下りて行く人影を見た。

土手を下り、古着を売る床見世《とこみせ》の脇から柳原通りに出たとき、さきほどの人影はどこにも見えなかった。

二

ふつか後の昼過ぎ、松江藩上屋敷を出ると、勘平と別れ、新吾は御徒町のほうに足を向けた。

上野山下を過ぎ、入谷《いりや》から三ノ輪《みわ》にやって来た。

植木屋の離れに住んでいる漠泉を訪ねた。土間に立つと、漠泉は往診から帰ってきたところらしく、部屋で茶を飲んでいた。

「お邪魔します」

「新吾か。上がれ」

「はい」

新吾は部屋に上がった。ここは居間兼療治部屋だ。奥に寝間がある。表御番医師のときは木挽町に大きな屋敷を持っていたが、雲泥の差だ。

「さあ、どうぞ」

義母が茶をいれてくれた。

「すみません」

新吾は湯呑みに手を伸ばす。

一口すってから、

「また、例の件で参りました」

と、新吾は切りだした。

「何度来ても、わしの考えは変わらぬ」

「いえ、ひとつ確かめたくて参りました」

「確かめる？」

「花村法楽さまとはどれほどの間柄なのでしょうか」

「間柄？」

「親しい仲なのか、ただ同業の者としての仲なのか」

「なぜ、そのようなことをきく？」

漠泉は探るような目をくれた。

「法楽さまはずいぶん漠泉さまの復帰に熱心なご様子。それがなぜなのか、少し気になりました」

「……」

「法楽さまに何らかの狙いがあるとしたら、それは何か。漠泉さまが頑《かたく》なに拒むのは法楽さまへの反発なのか。いろいろ考えてしまいます」

「わしは今の暮らしで満足しているのだ。香保はそなたの嫁になり、仕合わせに暮らしている。香保の兄も、牛込《うしごめ》の医者の養子になり、もはや心配はいらない。だから、もうよけいな望みはないのだ」

「いえ、私はそうは思いません。漠泉さまはご自分を偽っていらっしゃいます」

「ほう、そこまで決め付けるのか」

「はい。私が牢屋医師の代役をしていたとき、小伝馬《こでんま》町の牢屋敷に、土生玄碩《はぶげんせき》さまがいらっしゃいました」

玄碩は一介の藩医から奥医師まで上り詰めた男だ。白内障《はくないしょう》の施術である穿瞳《せんどう》術を会得し、眼病を患うひとびとを治して名声が高まり、大名の姫君の重い眼病を治してやったことが江戸中の大評判になり、莫大な財産を築いたと言われている。

しかし、玄碩もまたシーボルト事件に連座して投獄されたのだ。

「屋敷、財産は没収されたということですが、玄碩さまは捕縛前に財産をどこかに隠したという噂があります。その隠し財産のおかげで、家族は悠々と暮らし、牢にいる玄碩さまには高価な差し入れがあるそうです。玄碩さまはもう思い残すことはないと口では仰っていましたが、目の輝きは失せていませんでした。心の底では再起を狙っているのだと思いました」

「わしと玄碩どのは違う」

「そうです。玄碩さまは積極的にシーボルトに関わっていましたが、漠泉さまは単に巻き添えを食らっただけではありませんか。まったく落ち度がないのに、表御番医師の職を剥奪されたのです」

「確かに当座は理不尽な仕打ちに怒りもあった。だが、時は流れ、怒りも薄れてきた」

「漠泉さま」

新吾は前のめりになり、

「私は町医者で満足している漠泉さまが信じられないのです。それに、本気で町医者として生きていこうとなさっているのなら幻宗先生のように貧しいひとたちのために

……」

「新吾。わしは幻宗どののような崇高《すうこう》な志は持っておらぬ」

「……」

「幻滅したか」

「いえ」

「そなたの気持ちはうれしい。だが、わしは今のままで十分だ」

「義母上もそうお思いですか」

新吾は香保の母親に目を向けた。

「わたしも今のほうがふたりでゆったりとした時を過ごせますから」

義母はそう言った。

「そうであるなら、私は余計な口出しは引っ込めます。ただ、もしかしたら花村法楽さまに私が借りを作ってしまうことを心配して引き受けないのではないかと思ったものですから」

「そうではない」

「私への気遣いでなければよいのです。仮に、法楽さまが何かのために私を利用しようとしているなら、漠泉さまのことでうまくいかなければまた別の手立てを講じてきましょう。いずれにしろ、私への気遣いは意味がないということです」

新吾は憶測を口にした。

漠泉は微かに顔色を変えた。

「こんど、おふたりで小舟町まで遊びにきていただけませぬか。香保も喜びましょう」

「行きたいのはやまやまだが、患者がいるのでな」

「助手を雇ったらいかがですか」

「そうよな」

町医者としてちゃんとやっていくなら、もう少し広いところに移り、助手を雇ってもっと多くの患者を診てやるべきではないか。そうしないため、町医者としての生きがいを見出したという漠泉の言葉がどこか虚ろに聞こえる。

やはり、漠泉には表御番医師への復帰をためらわせる何らかの事情があるのだ。しかし、そのことを聞き出すことは出来ない。

新吾は三ノ輪から日本橋小舟町に帰った。

通い患者で待合の部屋はいっぱいだった。新吾も手伝い、陽が落ちる前に最後の患者を診終えたあと、ひとりの患者が駆け込んできた。霊岸島《れいがんじま》に住む金助《きんすけ》という職人だ。

「金助、どうした。遅いではないか」

順庵が声をかけている。

「へえ、家は早く出たんですが、ちょっとした騒ぎがありまして」

「何があったのだ？」

「へえ、心中です」

療治部屋を出ようとしたときに、その言葉が新吾の耳に飛び込んできた。

「金助さん。その心中はどこで？」

新吾が口をはさんだ。

「大川端町《おおかわばたちょう》の川っぷちです。朽ちかけた川船がもやってあったのですが、その船に男女の死体があったってことです」

「ここにくるときに見たのですね」

「そうです」

新吾は邪魔をした詫びを入れ、療治部屋を出た。

香保にちょっと出かけてくるといい、新吾は家を飛び出した。

伊勢町《いせちょう》堀を急ぎ、小網町《こあみ》を過ぎて箱崎橋《はこざき》を渡り、さらに日本橋川を越えて、霊岸島に入った。そのまま、大川に向かう。

大川端町に入り、川っぷちに出る。草っぱらの向こうに津久井半兵衛の姿が見えた。

ひとを掻き分け、新吾は前に出た。

ふたつの亡骸は船から陸《おか》に上げられていた。

「津久井さま」

「宇津木先生」

半兵衛は驚いたように見た。

「亡骸を検めさせていただいてよろしいですか」

「ぜひ、お願いします」

半兵衛はかえって助かると言った。

新吾はふたり並んだ亡骸の前に腰を落とした。合掌《がっしょう》してから、莚《むしろ》をめくる。女だ。土気色《つちけいろ》の顔は死斑が消えて皮膚が融けはじめている。喉が裂けていた。喉を斬ったのだ。死後、半月以上は経っている。

首筋から背中を見る。傷跡があった。新吾が療治をしたものだ。やはり、おきよは死んでいた。

もうひとりの亡骸を見た。やはり、喉を掻き切ったようだ。死後半月以上。与助に違いない。

「いかがですか」

「ふたりとも喉を掻き切って死んでいます」

「心中でしょうか。心中に見せかけた殺しの可能性は？」

「女の傷は他者によりますが、男のほうは自分で喉を掻き切ったように思えます」

新吾はてっきり向川主水介の手によって成敗されたと思っていたが、男は自害したようだ。

「男の無理心中の可能性もありますね」

半兵衛が口にする。

「そうです。匕首《あいくち》は落ちていましたか」

「ええ、船に」

半兵衛は答え、

「船の中で心中を図ったのですね」

と、呟いた。

家老の宇部治兵衛の話を信じるなら、与助とおきよは上屋敷を放逐されたあと、ここまでやって来て心中を図ったということになる。

だが、なぜ、この場所なのか。

「死んでから半月ほど経っています。よく、今まで見つかりませんでしたね」

新吾は疑問を口にした。

「ここは草が繁っていましたから気づかれにくかったのかもしれませんね」

半兵衛は周囲に目を這わせて言ったが、新吾は別の考えを持った。

与助とおきよが上屋敷を出たのなら、まっさきに向かうのは間宮林蔵のところではないか。

それとも役目に失敗したことで、林蔵に顔向け出来ずにふたりは死に向かってしまったのか。

ふたりが死んだのは向川主水介の屋敷ではないか。そう考えるのはふたりが間者だと見破られたからだ。

だから、おきよは拷問を受けた。そして、仲間の与助のことを口にしたのだろう。

それで、与助も向川の屋敷に連れ込まれた。

与助は間宮林蔵の名を出さないためにおきよを殺し、自ら死を選んだ。そうだとしたら、向川主水介の手によって、ふたりの亡骸がここに運ばれてきたことになる。

「ところで、宇津木先生はどうしてここに？」

「じつは松江藩上屋敷で、おきよというお女中と中間の与助が情を通じて、上屋敷を追い出されたと聞いていたのです。心中と聞いて、そのことを思いだして駆けつけたんです」

「いかがですか」

「上屋敷にいる者をすべて知っているわけではありませんが、ふたりとも見かけたような顔だと思いました」

「松江藩上屋敷ですね。とりあえず、きいてみましょう」

「では、私は……」

新吾はその場を離れた。

翌朝、上屋敷に出てまた家老の宇部治兵衛に呼ばれ、家老屋敷に赴いた。

「昨日、霊岸島でおきよと与助の心中死体が見つかったと南町が知らせてきた。そなたが話したようだな」

「はい。いけませんでしたでしょうか」

「いや。結構だ。奉行所のほうも我らの言い分を素直に受け入れてくれた。辞めた者なので、当屋敷と関係ないということになった」

「では、あとの始末はおきよどのの実家で？」

「心中はご法度《はっと》だ。心中の死体は打ち捨てられて鳥などの餌にするという建て前だ。実家も何も出来まい。まあ、親戚の者が手を回して亡骸をなんとかして引き取ろうとはするだろうが」

「……」

「まあ。これで当方としてもすっきりしたわけだ」

治兵衛は目を細め、

「そなたもいろいろご苦労であった」

「はい」

新吾はすっきりしたわけではなかったが、問題を蒸し返しても無駄だということはわかった。

「ただ、なぜ、ふたりが死ななければならなかったのかがわかりません。上屋敷を追い出されたとはいえ、ふたりの仲を引き裂かれたわけではないのですから、やり直すことは出来たはずなのです」

せめてもの抵抗のように言った。

「ふたりにとって、当屋敷に奉公していることが誇りであったのだろう。それを奪われて、ふたりは絶望したのだ」

治兵衛は平然と言い、

「自業自得だ」

と、吐き捨てた。

間宮林蔵の間者だと責めているようにも思えた。

「ご家老、おきよどのの実家はどちらなのか教えていただけませんか」

「なぜだ？」

「折檻で受けた傷を療治しただけにせよ、多少なりともおきよどのに関わったものとしてお線香を上げたいのです」

「最前も申したように、亡骸を引き取ることは出来まい。実家で葬儀は出せないのだ。そんなところにのこのこ顔をだすのはかえって迷惑なはずだ」

治兵衛はあくまでも実家を教えようとはしなかった。

新吾は家老屋敷から番医師の詰所に戻った、

「奥女中と中間が心中していたらしいな」

玉林が待ちかねたように口にした。

「お聞きになりましたか」

「今朝、平医師の松井恭順が玄関近くで待っていて飛んできた。何事かと思えば、ふたりの心中死体が見つかったという」

玉林は眉間に皺《しわ》を寄せ、

「仲を引き裂かれるというならわからぬでもないが、お屋敷を辞めてこれからふたりで何をしても生きていけたはずだ。若いのに残念なことだ」

やはり、ふたりが死に走った理由に納得がいかないようだが、事実を事実として受け止めようとしている。

ほんとうはふたりは恋仲だったのではない。間者だと見破られ、自害したのだ。

それにしても、おきよは何をして見破られたのだろうか。拷問まで受けているのだ。よほどの秘密を掴んだのではないかという疑いが生じる。

襖の外で女の声がした。

「宇津木先生、いらっしゃいますか」

「はい」

新吾は声をかける。

襖が開いて、お房が顔を出した。

玉林がいることに気づくと、お房は機転を利かせたように、

「高見左近さまがお呼びにございます」

と、抑揚のない声で言った。

目顔《めがお》で頷き、新吾は言う。

「ちょっと出かけてきます」

「うむ」

玉林は不審そうな目をくれたが、新吾は勘平にも声をかけてひとりで部屋を出た。

廊下で待っていたお房のあとについて奥のほうに向かう。

奥御殿に向かう渡り廊下の前から庭に下りた。庭下駄《げた》を履き、植込みの陰に入った。

「おきよさんが心中したと聞きました。ほんとうですか」

「心中かどうかは疑問ですが、中間の与助さんといっしょに死んでいたのは事実です。私はこの目で確かめました」

「まあ」

お房は息を呑んだ。

「私はおきよさんと与助さんは心中するような仲ではなかったと思っています」

「私も信じられません」

「おそらく、おきよさんは松江藩にとってとても大事な秘密を知ってしまったのではないかと思うのです」

「大事な秘密？」

「はい。それが何かわかりません」

松江藩にとっての重大な秘密は抜け荷のことだった。その件は片づいており、その他に何があったのか。

「おきよさんはどうしてそんな秘密を知ってしまったのでしょうか」

「奥御殿に入ることが出来るのは嘉明公以外には近習番《きんじゅばん》の高見左近さまだけですか」

「そうです」

「ご重役方は？　ご家老やお年寄の向川さまは？」

「入れません」

「そうすると、おきよさんは嘉明公と高見左近さまの話をたまたま盗み聞きしてしまったとか」

「……」

新吾は想像を口にした。

お房が目を見開いた。

「何か」

「いつぞや、殿様がくつろぐ部屋の前で、おきよさんが襖に耳を寄せているのを見かけたことがあります。しばらく耳をあてがっていたのですが、急にその場から立ち去っていきました。そのあとで、襖が開いて高見左近さまがお顔を出されました」

「高見さまは廊下の様子を確かめに？」

「そうです」

「高見さまはおきよさんが盗み聞きしていたと知っていたのでしょうか」

「去って行く後ろ姿を見たと思います」

「それはいつごろか思いだせませんか」

「半月以上は経っていると思います。そうです、それから数日しておきよさんが宿下がりをしたと聞いたのです」

「そうですか」

「それから、おきよさんの実家がわかりました。本郷菊坂《きくざか》町にある『灘屋《なだや》』という酒屋です」

「わかりました」

「どうするのですか」

「せめてお線香を上げに」

「そうですか。ぜひ、私のぶんも」

お房は頭を下げた。

「さあ、ひとに見られたら誤解されかねません。行きましょう」

新吾は言い、急いで戻った。

渡り廊下を去っていくお房と別れ、新吾は引き返した。

用部屋の襖が少し開いていて、向川主水介が立っているのが見えた。お房と会っていたのを見ていたのか。

新吾は会釈をして通り過ぎる。後頭部に射るような視線を感じた。

三

その日の夕方、診療を終えて、新吾は本郷に向かった。

昌平橋《しょうへい》を渡り、湯島《ゆしま》聖堂を過ぎた頃には陽は沈んでいた。そのまま本郷通りを進む。風はひんやりしていた。

加賀前田《かがまえだ》家の前の角を曲がり、本郷菊坂町にやって来た。『灘屋』という酒屋はすぐにわかった。土蔵造りで、軒先に杉の葉を束ねて丸くした酒林《さかばやし》というものが下がっていた。

店の大戸はすでに閉まっていたが、潜り戸は開いていた。そこから客が出入りをしていた。

新吾は並びにある家族用の戸口の前に立った。

戸を開け、奥に向かって声をかけた。

「ごめんください」

やがて、若い女中が出てきた。

「私は松江藩のお抱え医師で宇津木新吾と申します。ご主人か内儀《ないぎ》さんにお会いしたいのですが」

「少々お待ちください」

女中は奥に引っ込んだ。

四十半ばと思える男が現れた。

「『灘屋』の主人ですが」

上がり框《がまち》の手前に腰を下ろした。

「おきよのことでしょうか」

主人は先に切りだした。

「ここには帰ってきません。知り合いが亡骸を引き取り、供養しますのでどうぞご心配にはお呼びません」

「そのお知り合いはどなたか教えていただくわけにはいきませんか」

「申し訳ありません。ことがことだけに、おおっぴらには弔いも出来ません。ですから、どなたにも教えていないのです」

「そうですか」

新吾は頷き、

「つかぬことをお伺いいたしますが、おきよさんがこちらの養女になられたのはいつのことでしょうか」

「数年前です」

「お屋敷に奉公する直前ですね」

「……」

「失礼なことをお訊ねしますが、ご主人はおきよさんとお会いになったことはあるのでしょうか」

「当たり前です。養女にするのですから」

「何度お会いに？」

「……」

「一度か二度では？」

「申し訳ありません。どうぞ、お引き取りを」

おきよは『灘屋』の養女となっているが、間宮林蔵が松江藩上屋敷に送りこむために利用しただけで、『灘屋』の主人も内儀もおきよに会ったこともないかもしれない。

「間宮さまはこちらにいらっしゃいますか」

「間宮さま？」

「間宮林蔵さまです」

「……いえ」

返事まで間があった。

「わかりました。お邪魔しました」

新吾が引き上げようとしたとき、

「ちょっとお待ちを」

と、主人が呼び止めた。

「なにか」

「間宮さまをご存じなのですか」

「はい。じつはここにくれば、間宮さまに連絡がつくかと思いまして」

「そうでございましたか。それは失礼いたしました」

主人は態度を変えた。

「間宮さまの許しなく、べらべら喋《しゃべ》るわけにはいきませんが、間宮さまへのお取り次ぎは出来ます」

「それは助かります。宇津木新吾がお会いしたいと、間宮さまにお伝えくださいますか」

「わかりました。どちらにお伺いすれば？」

「間宮さまは神出鬼没です。間宮さまの都合のよいときにいつでもと。では、お願いいたします」

新吾は『灘屋』をあとにした。

林蔵が新吾の前に現れたのは翌日の昼過ぎ、松江藩上屋敷をあとにして神田《かんだ》川にかかる新シ橋にさしかかったときだった。

先日と同じように、林蔵は柳森神社に向かった。新吾は背後に気を配りながら林蔵のあとについて行く。

林蔵は鳥居をくぐっていく。遅れて、鳥居に着いた。

「またここで待ってくれ。不審な影に気づいたらすぐに知らせるように」

勘平に言い、境内に入る。

参拝者とすれ違った。社殿の裏に行くと、林蔵が待っていた。

「ふたりの亡骸は金をつかませ手に入れた」

「よございました。手厚く葬ってやれますね」

そう言う言い方をしたが、本音は手厚く葬ってやるべきだと訴えたのだ。

「最初、向川主水介さまの手の者に殺されたのかと思ってましたが、ふたりの傷口を見て、考え違いだったと気づきました。与助さんがおきよさんを殺し、そのあとで自分の喉をついたのです」

「……」

「そうではありませんか」

新吾は林蔵に迫るようにきいた。

しかし、林蔵から返事はない。

「与助さんはどういうひとですか」

「わしの忠実な手先だ。何があっても素姓を明かさぬことと言い含めてきた」

「それを守った結果ですね」

「……」

「おそらく、こういうことだと思います。まず、おきよさんに間者の疑いがかかり、向川主水介さまがおきよさんを拷問にかけて仲間を白状させた。それで、中間の与助さんも向川さまの屋敷に連れ込まれた。ふたりを前に、向川さまは雇主の名を吐くように迫った」

新吾はそのときの情景を想像しながら続けた。

「与助さんはこのままではおきよさんがすべてを白状してしまうと心配になった。なんとしてでも間宮さまの名を出してはならないという思いから、隠し持っていた刃物でおきよさんの喉を、続けて自分の喉も掻き切った……」

新吾は痛ましげに首を振り、

「ふたりの死は間宮さまに忠誠を誓った男女の末路ではありませんか」

と、林蔵を責めた。

「そうだ。ふたりを殺したのはわしだ」

林蔵は素直に認めたが、

「だが、すべてを白状したら、ふたりは許されたと思うか」

と、逆にきいた。

「それは……」

「ふたりは何か秘密を摑んだのだ。おきよを拷問してまで与助を捜しだそうとしたのも相手の必死さが窺える。向川主水介にはおきよが摑んだ秘密が与助に渡ったか、さらに与助から外に漏れたか、そのことが問題だったのだ」

林蔵は厳しい顔で、

「それほどの秘密を摑んだふたりを無事に解き放したと思うか。必ず、殺したはずだ。与助はそのことに気づいたのだ」

「……」

「わしはおきよに特別なことを探るように命じたことはない。上屋敷にどのような人物がおって、誰と誰が会ったとか、そういうひとの動きを伝えるように言ったのだ。ふつうの日常で目にしたことを知らせてもらえればそれで十分だった。抜け荷の件での強請でも、そういう騒ぎに誰と誰が動いていたかを知らせてくれたが、ふつうに暮らしていて目にしていたことだ」

林蔵は深く息を吐き、

「だから、おきよが間者だと疑われることはなかったはずだ。それなのに、疑われた。

何かあったのだ」

「おきよさんは、藩主嘉明公と高見左近さまの話を盗み聞きしていたそうです」

「盗み聞き？」

「はい。途中で部屋の前からあわてて離れたそうですが、襖を開けた高見左近さまにその姿を見られたようです」

「なぜ、おきよがそのような真似を……」

林蔵は首をひねったが、すぐに思い付いたように言う。

「与助か」

「与助さんが？」

林蔵は厳しい顔で、

「与助が何かに気づき、おきよにそのことを確かめるように頼んだのかもしれない。そうでなければ、おきよが危ない真似をするとは思えない」

「与助さんは何を摑んだのでしょうか」

「わからぬが、向川主水介に関わっていることだ」

「……」

中間の与助にどんな秘密を摑む機会があろうか。そう思ったとき、新吾はあることに気づいた。

「与助さんは向川さまの屋敷に忍んだのではありませんか。おきよさんには危ない真似をさせなくとも、与助さんは自由に動き回っていたのでは?」

「与助にも無茶をしないように言い含めてあった。しかし、よほど気になることがあったら、そこまでしただろう」

やはり、与助は何らかの理由で向川主水介を調べ、秘密を摑んだ。そのことを確かめるために、おきよに探らせた。

だが、おきよは感づかれた……。

「調べてくれ」

「前も申し上げましたが、松江藩を裏切るような真似は出来ません」

「これは松江藩にとっても大事なことだ。縁ある者として捨ておけないはずだ」

「そうですが」

「また、顔を出す」

林蔵は言い、一足先に柳森神社から出て行った。

勘平とともに、新吾は土手を下った。

川に荷を積んだ船が下って行く。その船を見ながら、与助とおきよのことを蘇らせた。

ふたりは向川主水介の屋敷で斬られたのであろう。ふたりの亡骸を霊岸島まで運んだのは向川主水介の命を受けた上屋敷の者たちだ。

おそらく、船を使ったのであろう。上屋敷から神田川まで亡骸を運び、用意した船に移した。

ひょっとして……。殺された棒手振りの清助のことに思いを馳せた。

「新吾さま。どちらへ」

勘平が声をかけた。

土手を下る道を行きすぎていた。

新吾はしばらく先に行き、土手から下りた。

「この先だ」

清助の亡骸が見つかった場所にやって来た。亡骸が横たわっていた痕跡はすでにない。だが、亡骸を検めたときのことが蘇る。

腹部に痼りがあった。清助は幻宗の施療院に通っていた。腹部の腫瘍で、幻宗は余命一年と診ており、そのことを清助は知っていた。

清助の妹のおとよは、女手ひとつでふたりの子を育てている。苦しい暮らしを清助が支えていた。だが、棒手振りの清助もそれほど稼ぎがあるわけではない。

おとよの話だと、清助はまとまった金が手に入るかもしれないと言っていたという。

まとまった金をどこから手に入れるのか。

背後にひとの気配がした。

「宇津木先生」

同心の津久井半兵衛だった。

「津久井さま」

新吾は会釈をした。

「どうしてここに？」

「殺された清助さんのことを思いだしまして」

「そうですか」

「その後、探索のほうはいかがですか」

「いけません。賭場《とば》のほうも当たったのですが、清助は近頃は賭場には顔を出していないのです」

「先日、妹のおとよさんに幻宗先生の施療院でお会いしました」

「そうですってね。清助は腹部に痼りがあったというではありませんか」

「ええ。おとよさんの話だと、清助さんはまとまった金が手に入るかもしれないと言っていたそうです。そのことをどう思いますか」

「仲間と共に悪事を働こうとしていたのかもしれません。でも、いざという段になって、清助は臆した。それで仲間に口封じに殺されたとも考えたのですが、清助にそのような仲間はいません」

「……」

「ひとつ考えられるのは何者かを強請っていたのではないかということです。清助はそのような男ではないという話ですが、自分の余命が短いことや妹一家の暮らしを助けたいという思いから手立てを選ばずに金を手に入れようとした……」

「なるほど」

半兵衛もそう思っていたのだ。

「強請の相手に殺されたというわけですね」

「そうです。ですが、相手も強請のネタもわかりません。今、そのほうを調べているのですが」

新吾はおきよと与助が上屋敷で死んだ可能性を口に出せなかった。辞めたあとに死んだと言っている松江藩に楯突くような真似は出来ない。

「清助さんは何かの事件の現場に行き合わせたとも考えられますね」

「それが何か……」

半兵衛は顔をしかめて首を横に振った。

「清助さんは北森下町に住んでいたと聞きました。清助さんはなぜここで殺されたのでしょうか」

「ここで、強請の相手と会うつもりだったのかもしれない」

半兵衛が言う。

「あるいは、その場所に向かう途中だったか」

「いずれにしろ、清助は何かを見たと考えたほうがいいでしょう」

半兵衛は言い切ったが、

「ただ、それらしき事件は起きていないのです。口封じに殺したのだとしたら、よほどの事件のはずですが」

「殺しなどもないのですね」

「ええ、ありません。しいて言えば、霊岸島で見つかった男女の死体です。心中に見せかけた殺しの可能性があれば、そこに注意が向くのですが……」

「……」

上屋敷で殺された可能性を口に出来ないもどかしさを感じたが、仮に、新吾がそのことを訴えても、当然上屋敷のほうは否定する。証がなく、新吾の言い分は受け入れられまい。

だが、新吾の想像が当たっているとすると、清助を殺したのは松江藩上屋敷の者ということになる。

清助はふたりの亡骸を船に積み込むところを見ていたのだ。それは夜に行われたのであろう。北森下町に住む清助が夜に柳原の土手にくることはあるのだろうか。

柳原の土手といえば……。

「津久井さま」

新吾は思いつきを口にした。

「この辺りは夜鷹《よたか》が出没するのでしたね」

「ええ」

「清助さんは独り身でしたね」

「そうです。それが?」

「いえ。もしかしたら、夜鷹と遊んでいたのではないかと思ったのですが、清助さんは病に罹っていました。そんな欲望はなかったかもしれません」

新吾は自分の考えを否定した。

「いや、清助はときたま夜に柳原の土手に行っていたらしい。長屋の隣人がそんな話をしていた」

「清助さんは夜鷹と遊んでいたのですか」

「そうでしょう。病に罹ろうが、そっちの欲望は別かもしれませんね」

半兵衛は言ってから、

「夜鷹がどうかしたのですか」

「いえ、たいしたことではありません」

「そうですか」

「では、私は」

新吾は挨拶をし、その場から離れた。

清助があのような状態で夜鷹と遊ぶ気力が生まれるのかどうかわからない。もっとも、あの体で、清助は天秤棒を担いで野菜を売り歩いていたのだ。それだけの気力はまだあった。

暗い柳原の土手を手拭いを被り、小脇に莫蓙《ござ》を抱えた夜鷹と並んで歩く痩せた男の姿が新吾の脳裏を掠めた。

四

その夕方、新吾は小舟町の家を出て、永代橋を渡り、佐賀町にやって来た。清助の妹の住む長屋木戸をくぐった。

腰高障子《こしだかしょうじ》をあけると、夕餉を終えて後片付けをしているところで、およよは流しで八歳ぐらいの女の子と洗い物をしていた。

「宇津木先生」

およよが立ち上がってきた。

「お忙しいところにお邪魔したようで」

新吾は謝った。

「いえ、だいじょうぶです」

「娘さんですか」

新吾はきいた。

「ええ。おさよと申します。おさよ、宇津木先生にご挨拶を」

「はい。おさよと申します」

目鼻だちの整った顔立ちだ。

「宇津木新吾です。よろしく」

続いて、五歳ぐらいの男の子も挨拶をした。

「清助さんが可愛がっていたことがよくわかります」

部屋の隅に仏壇があり、位牌がふたつ並んでいた。おとよの亭主と清助のものだ。

「清助さんの長屋に行かれたことはありますか」

新吾はきいた。

「はい、何度か」

「隣に住んでいたひとは何という名か覚えていますか」

「兄の家は木戸を入ったとっつきの家でしたから。隣は鋳掛《いか》け屋の松蔵《まつぞう》さんです。兄よりふたつ三つ年上なようでした」

「わかりました」

「松蔵さんに何か」

「清助さんのことをお聞きしたいと思いまして」

「どんなことでしょうか」

おとよは不安そうな顔をした。

「いろいろです。何か手掛かりがあればと」

おとよに夜鷹の話を持ちだすわけにはいかない。

「清助さんは松蔵さんとは親しかったのでしょうか」

「ええ、よく松蔵さんの話をしていました」

「松蔵さんの話を?」

「ええ」

おとよが恥じらうような表情をしたので、おやっと思った。

「松蔵さんはここにいらっしゃったことはあるのですか」

「ええ。まあ」

おとよは曖昧《あいまい》に言ったあとで、

「これから松蔵さんのところに?」

と、きいた。

「ええ。何か、お言伝《ことづ》てでもあれば」

「いえ」

おとよは首を横に振った。

子どもたちにも挨拶をして、新吾はおとよの家を出た。

小名木川にかかる高橋を渡り、そのまままっすぐ北森下町に向かった。

おとよの様子に、新吾はなんとなく温かいものを感じていた。三年前に亭主を、そして今度は兄を亡くした。

そんな不幸に見舞われながら、おとよに悲壮感はなかった。子どもたちも明るい。ひょっとして……。

北森下町に入り、松蔵の住む長屋の木戸を入った。手前から二軒目の腰高障子に鍋と竈《かまど》の絵が描かれていた。

新吾は声をかけて戸を開けた。仄《ほの》かな行灯の火影に柔和そうな顔の男が映し出されていた。

「松蔵さんですか」

新吾は土間に入って声をかける。

「へえ、そうですが」

「私は医者の宇津木新吾と申します」

「へえ」

松蔵は上がり框まで出てきた。

「宇津木先生は清助の亡骸を検めてくれたお方ですね」

「ええ」

「おとよさんから聞きました」

やはり、おとよと松蔵は付き合いがあるようだ。

「たまたま行き合わせました」

「いまだに下手人がわからず、悔しい思いをしています」

「松蔵さんは清助さんと親しくされていたそうですね」

「隣同士ですからね。歳も近く、気が合いました」

「清助さんはまとまった金が入ると言っていたそうですが、どこから手に入れるのかお聞きになりましたか」

「いや、きいても教えてくれなかった」

「何をしようとしていたのか想像はつきませんか」

「まったくわかりません。ただ、悪い連中の仲間に入ったのではないかと心配はしていました」

「悪い連中に心当たりは？」

「ありません。でも、あっしが知らないだけかもしれません」

「同心の津久井さまから聞いたのですが、清助さんはときたま夜に柳原の土手に行っていたそうですね」

「ええ。それが何か」

松蔵は不安そうにきいた。

「想像でしかありませんが、清助さんは柳原の土手で何か重大なことを見たのではないかと……」

「重大なこと？」

「はい。それを見て、金になると思ったのではないかと」

「まさか、強請……」

松蔵は目を見張り、口を半開きにした。

「あくまでも想像です。考えられることはなんでも考えてみようと思いましてね。清助さんは柳原の土手に何しに行っていたのでしょうか。柳原の土手といえば夜鷹です。清助さんが夜鷹を……」

「……」

「ただ、わからないことがあるんです。清助さんは腹部に腫瘍が出来ていてもって一年の命でした。そんな体で夜鷹を買いに行ったとは思えないのです。でも、清助さんは半月ほど前にも柳原の土手に行っているのではないかと思っているのです。夜にわざわざ柳原の土手に行くのはやはり夜鷹ではないかと」

「宇津木先生」

松蔵は改まって、

「違うんです。夜鷹を求めてではないです」

「夜鷹ではないのですか」

「いえ、夜鷹です。でも、買うためではありません。女を捜していたんです」

「女？」

「五年前、佃町《つくだちょう》の女郎屋で以前に履物屋の内儀だったおせんという女とばったり会ったそうです。その履物屋にはよく野菜を売りに行き、おせんさんにはよくしてもらったそうです。ところが、おせんさんは離縁し、行方《ゆくえ》がわからなくなった。清助は捜したそうですが、ついにわからなかった。清助より年上だけど、優しい女だったということでした。人妻だったけど、清助は憧れていたようです。それから、清助はおせんさんのところに通うようになった。ところが、三年後におせんさんは梅毒にかかって女郎屋から放り出された。そのときも、清助は捜したが、見つからなかったのです」

松蔵は息継ぎをし、

「それが今年の夏、清助は柳原の土手を歩いていて、おせんさんに似た夜鷹を見かけたそうなんです。夜鷹にまで落ちぶれたおせんさんに衝撃を受けたそうですが、なんとか力になりたいと、清助はときたま柳原の土手を歩き回っていたのです」

松蔵はしんみり言った。

「清助さんはおせんさんのことが好きだったんですね」

「若い頃、姉のように接してくれた優しさが忘れられないと言ってました。柳原の土手で見かけた夜鷹はやせた顔に白粉《おしろい》を塗りたくっていたそうです。歳をとり、病のせいもあって容色は衰えていたが、おせんさんに間違いないと言ってました」

「で、おせんさんには会えたのですか」

「会えたと言っていました」

「そうですか。会えたのですか」

「でも、相手は否定したそうです。自分はそんな女ではないと」

「否定ですか」

新吾は首をひねった。

「ひと違いだったのでしょうか。それとも、偽って否定したのか」

「清助は偽って否定したのだと思っていました」

「いずれにしろ、柳原の土手に何度か行っているんですね」

「ええ」

松蔵は深刻そうな顔で、

「清助はそこで何かを見たかもしれないのですね」

と、きいた。

「そうです。それで強請を決意したのかもしれません。妹のおとよさん一家を助けるために」

「いえ、それもあるでしょうが」

松蔵は言いよどんだ。

「何か他に？」

「おせんさんを助けようとしたのかもしれません」

松蔵は目を細め、

「清助はくじけそうになったとき、おせんさんに励まされてきた。そのことを恩に感じているのです。だから、今度は自分がおせんさんを助けようとしたんだと思います」

「なるほど」

新吾は大きく頷き、

「妹のおとよさんたちには、松蔵さんがいるからですね」

と、確かめた。

「あっしがどういう形で、あのひとたちを助けてやれるかわかりませんが、清助との約束ですので」

「約束？」

「ええ。清助は自分の命が残り少ないことを知っていたんでしょう。あっしにあの子たちを頼むと、くどいくらい言ってました」

「頼むと言うのは、おとよさんの子どもの父親になってくれということですね」

「へえ。でも、こればかりは、おとよさんの気持ちがありますから」

「おとよさんもその気なら、松蔵さんは父親になってもいいと思っているんですか」

「それが清助の望みでしたから」

「清助さんに頼まれなかったとしたら？」

「それは……」

「どうなんですか」

「おとよさんがあっしみたいな者を……」

「おとよさんはあなたを頼りにしていますよ。あなたがその気を見せれば、おとよさんは承知するはずです」

「……」

「おとよさんが元気なのは松蔵さんがいるからですよ」

「宇津木先生、ありがとうございます」

松蔵は畏まって頭を下げた。

新吾は北森下町の長屋をあとにして小名木川のほうに向かう。

高橋の手前で常盤町二丁目に入って、幻宗の施療院に行った。すでに、通い患者はいない。

施療院の土間に入ると、おしんが出てきて、

「新吾さま。きょうは遅いのですね」

と、言った。五つ（午後八時）になる頃だ。

「どうぞ」

おしんが上がるように勧める。

「幻宗先生はいらっしゃいますか」

夜は往診に行くことが多い。患者の家を何軒かまわってくるのだ。

「もうそろそろ戻ると思います」

「では」

新吾は上がって、いつも幻宗がくつろぐ濡縁に向かった。

「お部屋には？」

おしんがきく。

「ここでお待ちします」

幻宗が腰を下ろす場所のそばに座り、新吾は庭を眺めた。

幻宗は患者から金をとらない。相手がどんなに金持ちであっても同じだ。また、患者がどんな悪人であっても療治に手を抜くことはない。幻宗の前では誰もがひとりの患者なのだ。

幻宗は名誉も地位も金もまったく興味がない。ただ、目の前の患者を助ける。それだけを使命と心得ているようだ。

昼間の診療が終わったあと、幻宗はこの濡縁に座り、庭を眺めながら湯呑みになみなみ注がれた酒を呑む。

ここから庭を見ながら何を考えているのか。

幻宗は今は独り身だ。だが、かつては妻帯していたこともあったらしい。妻女とどうして別れたのか。

新吾は、木の葉が落ち草木も枯れはじめている庭に目をやりながら、幻宗はいつも何を思っているのだろうかと考えた。

「どうぞ」

おしんが茶をいれてくれた。

「ありがとう」

礼を言ってから、新吾はおしんにきいた。

「ここの患者さんに夜鷹はいますか」

「ええ、ときたま本所の吉田《よしだ》町に往診に行っています。普段は近くのお医者さまに診てもらっているようですが、手に負えなくなった病人を幻宗先生が診ています」

おしんは不思議そうに、

「夜鷹がどうかしたのですか」

ときいたとき、勝手口のほうで声がした。

「先生がお帰りになったようです」

おしんはそう言い、迎えに出た。

新吾も立ち上がっておしんのあとに続いた。

勝手口に行くと、幻宗と助手が手を洗っていた。それから板敷きの間に上がった。

「お帰りなさい」

新吾が声をかける。

「来ていたのか」

「はい。お訊ねしたいことがありまして」

「うむ。では、わしの部屋で待て」

幻宗はそのまま療治部屋に行った。往診の患者の病状を帳面に記してくるのだろう。

新吾は幻宗の部屋に入った。棚には西洋医学書に西洋の本草《ほんぞう》書の翻訳書、和蘭対訳医学用語辞典などの書物が並んでいる。

やがて、幻宗がやって来た。

「先生、夜分にすみません」

「いや、構わぬ。それより、何かあったのか」

幻宗は腰を下ろしてきいた。

「清助さんのことで。清助さんは、おせんという夜鷹を捜しにときたま夜に柳原の土手に行っていたそうなのです」

清助とおせんの関係を説明したあとで、

「おせんさんに会えたかどうかはともかく、清助さんはそこで何かを見てしまったのではないかと思うのです」

「何か？」

幻宗の目が鈍く光った。

「何かとはなんだ？　わかっているようだな」

「はい。おそらく亡骸を船に移すところを……」

松江藩上屋敷に奉公していたおきよと与助のことは話した。

「それで、清助さんは上屋敷の誰かに強請をかけたのではないか。そのために殺されたと、私は想像しているのです」

「それで」

「もしかしたら、おせんさんもその現場を見ていたかもしれないと思ったものですから」

「おせんを捜したいと？」

「はい。おせんさんは病に罹っているようです。もしかしたら、先生が治療されたことがあるかもしれないと思いまして」

「新吾」

幻宗の顔つきが変わった。

「そなたは何をしようとしているのだ？」

「……」

「清助を殺した下手人を捜そうとしているのか。それは奉行所のお役目だ。そなたは医者だ。そんな余裕があれば、出来るだけ多くの病人を診てやるべきではないのか」

「はい。わかっております。しかし、このままでは、下手人はわからず仕舞いになりかねません」

「上屋敷でのことを津久井どのに話せばよい」

「出来ません」

「なぜだ？」

「松江藩上屋敷でのことをべらべら喋ることは出来ません。ましてや、しかとした証があるわけではないのです。私の想像でしかないのです。その想像の元は間宮さまの間者だということからきているのです」

「……」

「私が手を引けば清助さん殺しも、なぜ上屋敷に奉公していたおきよさんと与助さんが死ななければならなかったのかも、わからず仕舞いになってしまいます」

「それでも、医師たる者のやるべきことではない」

「先生。医師である前にわたしにはひととしてやらねばならないことがあるのです。清助さんの無念を晴らし、おきよさんと与助さんに起こった真実を明らかにすることこそ、ふたりの供養になるかと」

「困ったものだ」

幻宗は苦い顔をし、

「そこまで強い心持ちがあるのなら何も言うまい」

「申し訳ありません」

「吉田町に病に罹っている女がいる。確か、おせんという名だ」

「ほんとうですか」

「今は商売に出るのも辛そうだった。吉田町にいる五兵衛《ごへえ》という男の預かりの女だ。清助のいう女かどうかはわからぬが、五兵衛を訪ねるがいい」

「先生、ありがとうございます」

「うむ」

幻宗は渋い顔で頷いた。

果たしておせんがどこまで知っているかわからないが、清助がそれほど熱心になっていたおせんに会ってみたいという思いが強まった。

五

翌日の昼過ぎ、松江藩上屋敷を出て、新吾と勘平は両国橋を渡った。

小雨が降ってきた。が、回向院《えこういん》から小身の武家屋敷の間の道を横川《よこがわ》に向かう途中で止んで、晴れ間が広がった。

法恩寺《ほうおんじ》橋の手前に吉田町がある。勘平が通りがかりの年寄に道をきいて、夜鷹の住んでいる一帯に入った。

莚や白粉、手拭いなど夜鷹の商売道具を売っている店で、店番の老婆に五兵衛の住まいをきいた。

新吾はそこからほど近いところにある家に向かった。白粉焼けをした女や顔色の悪い女たちとすれ違った。

五兵衛の家に着いた。格子戸を開け、新吾は奥に向かって呼びかけた。

「ごめんください。五兵衛さんのお宅はこちらでしょうか」

しばらくして、四十歳ぐらいのいかつい顔の男が出てきた。

「誰でえ」

胡乱《うろん》な目を向けてきた。

「五兵衛さんですか」

「おまえさんは医者のようだが？」

「私は幻宗先生の弟子で宇津木新吾と申します」

「幻宗先生の？」

五兵衛は急に態度を変えた。

「これはどうも」

「じつはおせんというひとにお会いしたいのです」

「おせんが何か」

「少しお訊ねしたいことがありまして」

「おせんは具合を悪くしてましてね」

五兵衛は立ち上がって、土間に下りた。

「どうぞ」

五兵衛は新吾を裏に案内した。掘っ建て小屋が幾つも立っていて、その前で女たちが洗濯物を干したり、野菜を洗ったりしていた。

戸口に莚がかかっている小屋の前で、五兵衛が振り返った。

「ここです」

五兵衛はそこで引き返した。

新吾は莚をよけて中に入った。天窓の明かりで、女が横になっているのがわかった。

「おせんさん」

新吾は呼びかけた。

「はい」

弱々しい声がした。

「お邪魔します。私は幻宗先生の弟子で宇津木新吾と申します」

女が起き上がろうとした。

「どうぞ、そのままで」

「いえ、だいじょうぶです」

頬がこけ、窶《やつ》れていた。首も細く、手も枯れ枝のように思えた。肌は蒼白い。

「失礼します」

新吾は上がり口に腰を下ろし、

「お体はどんな様子ですか」

「熱があって、少しだるいんです」

「そうですか」

梅毒の後期に差しかかっているかもしれない。

「おせんさんは清助さんをご存じですか」

と、きいた。

おせんははっとしたように目を見開き、やがてため息をついた。

「知っています」

「では、清助さんと再会を果たしたのですね」

「いえ」

おせんは首を横に振った。

「再会したのではないのですか」

「ひと違いだと突っぱねてしまいました」

「どうしてですか」

「昔、私が履物屋の内儀でいたころ、清助さんから野菜を買っていました。その頃から、私のことを好いてくれていると感じていました。そんなとき、亭主が博打《ばくち》で借財をこしらえ、店をとられ、私は岡場所《おかばしよ》に売られ……」

「ひどいご亭主ですね」

新吾は憤慨《ふんがい》した。

「女郎屋で清助さんに会ったときは驚きました。それから、しょっちゅう来てくれるようになりました。いつか身請けすると言ってくれて。でも、私はお客さんから梅毒を伝染《うつ》され、悪化して……」

おせんは言葉を詰まらせたが、深呼吸をして続けた。

「やせさらばえた私に客はつかなくなり、私は女郎屋のやっかい者扱いになってとうとう裸同然で追い出されました」

「清助さんには黙って？」

「ええ。私なんかのために自分を犠牲にしている清助さんにすまなくて。それで、彷徨《さまよ》っているときに声をかけてくれたひとが吉田町にいる五兵衛というひとを訪ねろと言ってくれて」

「そうだったのですか」

「柳原の土手で声をかけられたときはびっくりしました。でも、私が名乗れば清助さんに余計な負担を強いることになると思って、違うと言い続けたのです。でも、清助さんは私がおせんだと信じていました」

「清助さんが殺されたことを知っているんですね」

「はい」

おせんは涙ぐんだ。

「なぜ、殺されたか想像がつきませんか」

新吾はいよいよ肝心なことをきいた。

「清助さんは柳原の土手で何かを見たのだと思います。そのとき、あなたといっしょだったのではないかと期待してきいているのですが」

「いっしょでした」

おせんははっきり言った。

「では、あなたも何かを見ていたのですね」

「はい。見ていました。新シ橋から下流のほうで、何人かで長持から中身を取り出して船に積んでいました」

「どのようなものでしたか」

「細長いもので、ふたり掛かりで運んでいました」

「長持はひとつでしたか」

「いえ。ふたつでした」

「中身は何かわかりましたか」

「いえ。私は目が悪いのでなんだかわかりませんでした。でも、清助さんはわかったようです。私をその場に残して、清助さんは長持を運んできたひとたちのあとをつけていきました」

「長持を運んできたのはどういうひとたちでしたか」

「中間のようなひとが四人とお侍さまがひとり」

「侍がいたのですね」

清助はその侍の正体を摑もうとしたのだ。

「それは何時ぐらいでしたか」

「五つ半（午後九時）ごろだったと思います」

「清助さんは戻ってきたんですか」

「ええ、四半刻（三十分）余りのちに戻ってきました」

「どんな様子でしたか」

「気が昂《たかぶ》っていました。私がわけを訊ねても何も教えてくれませんでした。やっぱり、そのことで清助さんは……」

「まだ、わかりません」

新吾はおせんに詳しい話をする必要はないと思った。

「清助さんは、あなたのことを心配していたそうです。どうか、清助さんのためにも元気になって……」

夜鷹から足を洗ってもらいたいと続けようとしたが、それが出来るくらいなら、とっくにそうしているはずだと思い、口にはしなかった。

「幻宗先生に診てもらえば、必ず病は治ります」

最後にそう言い、新吾は挨拶をして小屋を出た。

翌朝、新吾は新シ橋を渡り、三味線堀の辺《ほとり》にある辻《つじ》番所に寄った。

「恐れ入ります。かれこれ半月あまり前になりますが、夜の五つ半時分、長持をふたつ担いだ一行を見かけませんでしたか」

大柄な番人は、覚えているとあっさり言った。

「どうして覚えているのですか」

「提灯《ちょうちん》もつけずに行きすぎていったのでな」

「どこの一行かわかりますか」

「松江藩だ」

「どうして松江藩だとわかったのですか？」

「長持の脇に付き添っていた武士は松江藩のお方だ。長身で、少し猫背《ねこぜ》の体つきは特徴がある。ときたま、この前を通るので覚えている。名は知らないが」

「そうですか。どうもお邪魔しました」

長身で、少し猫背ぎみの侍。おそらく、その特徴を門番に言い、清助はその侍を呼び出した。そして、長持の荷物を船に移した話をして、金を出させようとしたのだろう。

清助は不用意だった。口封じをされるという恐れはなかったのか。そこで思い当たるのが清助は余命幾ばくもないということだった。

金さえ手に入れば、その後殺されてもいい。そんな気持ちだったのかもしれない。

松江藩上屋敷に着くと、いったん番医師の詰所に顔を出し、勘平をそこに待たせ、新吾は御徒衆が住む長屋に行き、益山又一郎を訪ねた。

土間に入ると、又一郎は出かけるところだった。

「宇津木先生、なんですか」

又一郎は怪訝《けげん》そうにきいた。

「ちょっと教えていただきたいことがありまして。長身で、少し猫背ぎみの藩士の方はいらっしゃいますか」

「それは、世羅紋三郎《せらもんざぶろう》さまだ」

「世羅紋三郎さまですか」

「世羅さまがどうかしたのですか」

「いえ、一度、外で見かけたのでなんというお方だったかと知っておきたくて」

あやふやな説明をし、

「世羅さまはどのようなお方ですか」

「穏やかなお方です」

「わかりました。それだけなんです」

礼を言い、又一郎と別れて、新吾は家老屋敷に赴いた。

出仕前のあわただしいときだったが、宇部治兵衛は新吾と客間で差し向かいになった。

「ご家老。じつはあるところから妙な話を聞きました。それで、ご家老にお知らせしておいたほうがよいかと思いまして」

「何か」

治兵衛は不審そうに眉根を寄せた。

「先日、柳原の土手下で、棒手振りの清助という男が袈裟懸けに斬られて殺されました」

「なぜ、そのような話をわしに?」

「じつは清助はあるものを見ていたそうなんです」

「あるもの?」

「はい。長持をふたつ運んできた一行が、神田川で中身を船に移したそうです。そこに侍がひとりいたと。長身で、少し猫背ぎみの侍だそうです」

「……」

「船に載せたのは細長いものでふたり掛かりで運んでいたそうです」

「何が言いたいのだ?」

治兵衛が不快そうに言う。

「清助は長持ちを担いで引き上げる一行のあとをつけたのです。そして、この屋敷に入って行った……」

新吾は深呼吸をし、

「清助は翌日、もう一度、ここにやって来て、長身で少し猫背ぎみの侍の名を調べ、その侍を呼び出し、強請を働いたようなのです」

「ばかな、それでその男は殺されたと言うのか」

治兵衛は口元を歪めた。

「ふたつの長持にはおきよと与助の亡骸が入っていたのではないでしょうか。その船は霊岸島まで行ったのです」

「おきよと与助は上屋敷を放り出され、霊岸島で心中したのだ。奉行所の調べでもそうなっている」

「いえ、おきよと与助はこの屋敷内で死んだのです。その亡骸を長持に入れて神田川まで運び、船に移したのです」

「いずれにしろ、おきよと与助は心中したのだ」

「与助がおきよを殺し、それから自分の喉を掻き切ったのは間違いありません」

「ふたりは屋敷を出てから死を選んだのだ」

治兵衛は一喝した。

「では、清助は何を見て殺されたのでしょうか」

「その男の件と当方は関係ない」

「ご家老」

新吾は身を乗り出し、

「私はなぜ向川さまがおきよを拷問したのか、なぜおきよと与助が死に追い込まれたのか、そのことを探るつもりはありません。ただ、清助殺しの下手人を知りたいのです」

「……」

「お願いです。念のために、世羅紋三郎さまから話をきいていただけませんか」

「なぜ、それほどその件にこだわるのだ？　そなたとその清助とやらはどういう関係があるのだ」

「骸が見つかった現場にたまたまいあわせたのです。それで、検死をしました。それだけの縁です」

「なら、そんなにむきになることはあるまい」

「ただ、清助は体を壊し、幻宗先生の施療院に通っていたのです」

「……」

「清助がなぜ殺されたのか、明らかにしたいのです。確かに、清助は強請をしようとしていたようです。清助の不名誉なことも明るみに出てしまいますが、それ以上に何があったのか、真実を知ることこそ清助の供養になるかと」

「くだらん」

治兵衛は吐き捨てた。

「そもそも強請があったかどうか、どうやってはっきりさせるのだ。世羅紋三郎が清助など知らないと言ったらどうするのだ。それでも、強請があったと言い切れるのか」

「お願いです。世羅さまに確かめていただけませんか」

「……」

「どうか、お願いいたします」

「無駄だ」

治兵衛は首を横に振る。

「仮に、そなたの言うことが事実であったとしても、世羅は認めまい。そなたの言うことが事実だという証があればともかく、そなたの想像だけでは何にもならない」

「おそらく、世羅さまは否定されるでしょう。しかしながら、辻番所の番人が、長身で猫背ぎみの侍が長持に付き添っていたのを見ています。ともかく、世羅さまの釈明をお聞きしたいのです」

新吾は手をつき、懇願《こんがん》した。

「今さら、このようなことで騒いでも誰の益にもならぬ。そなたは松江藩の番医師だ。番医師としての務めを果たすだけでよい。さもなければ、そなたを……。いや、よそう」

治兵衛は言葉を止めた。

番医師を辞めさせることもあり得ると言いたかったのであろう。

「この話はこれまでだ」

治兵衛は立ち上がった。

治兵衛の反応は想像していたことだ。新吾も一礼をして腰を上げた。

新吾はすっきりしない思いで家老屋敷を出た。

御殿の玄関に向かいかけたとき、羽織り姿の大店《おおだな》の主人ふうの男が門を入ってこちらにやって来た。手代ふうの男が供についている。

ときたま見かける御用達の『三室屋《みむろや》』の主人だ。切れ長の目に鼻筋が通って、四十歳ぐらいの渋い感じの男だ。

その『三室屋』の主人が擦れ違おうとしたとき、

「宇津木先生でいらっしゃいますか」

と、声をかけてきた。

「はい。そうです」

「はじめてご挨拶をさせていただきますが、私は池之端仲町《いけのはたなかちょう》の呉服問屋『三室屋』の藤兵衛《とうべえ》にございます。先生のお噂はかねてより耳にしておりました。このようなところで失礼かと思いましたが、ついいい機会だと思い、ご挨拶を」

「わざわざ恐れ入ります」

新吾は頭を下げて、

「ずいぶんお早いのですね」

と、きいた。

「じつは、向川さまにご挨拶をしにお伺いしたのです」

「向川さまに?」

「はい。出入りの商人《あきんど》、職人などの取りまとめを向川さまがなさっておりますので。出仕前にお屋敷のほうでと思いまして」

「そうでしたか」

頷いてから、新吾は思いついて、

「三室屋さんは向川さまのお屋敷にはよくいらっしゃるのですか」

と、きいた。

「ときたま、ご挨拶に」

藤兵衛は笑みを湛えて言う。

供の手代が胸に抱えている風呂敷包《ふろしきづつみ》を目の端にとらえ、新吾はなるほどなと合点《がてん》がいった。向川主水介への付け届けであろう。

「では、失礼いたします」

丁寧に挨拶をし、藤兵衛は向川主水介の屋敷に向かった。その後ろ姿を見送りながら、ひょっとして藤兵衛は向川の屋敷での異変に何か気づいているかもしれないと思った。

第三章　編笠の侍

一

翌日の夕方、新吾は幻宗の施療院を訪れ、幻宗の診療が終わるのをいつもの濡縁で待った。

昨日、家老の宇部治兵衛に世羅紋三郎との面会を願い出たが、相手にされなかった。当然だ。松江藩にとっては災い以外の何物でもない。

おしんが現れて、

「もうじき終わります」

と、教えてくれた。

ほどなく幻宗がやって来て、いつもの場所にどっかと腰を下ろした。

「先生、お疲れさまでした」

「うむ」

おしんが湯呑みに注いだ酒を持ってきた。

「どうぞ」

「すまない」

幻宗が湯呑みをつかんで口に運ぶ。

うまそうに喉を鳴らして呑んだ。湯呑みを口から離すのを待って、新吾は口を開いた。

「一昨日《おととい》、夜鷹のおせんさんに会ってきました。容態はいかがでしょうか」

「薬を投与し、ゆっくり養生すれば治るが、あの体で商売に出ている」

「えっ？　夜鷹に？」

「そうだ。食べていくためには仕方ないと言っている。客に伝染《うつ》しても困る。ここで養生をさせたいが、五兵衛に借金があるのだ。それがある限り、働かざるを得ない」

「無茶ではありませんか」

新吾は叫ぶように言い、

「借金はいくらなのですか」

と、きいた。

「よけいなことを考えるな」

幻宗がぴしゃりと言った。

「借金の肩代わりなどだめだ」

「でも、そうすればおせんさんはここで養生が出来るではありませんか」

「この世に困っている者がおせんしかいないのなら、それもいいだろう。だが、おせんと同じように病を抱えながら商売をしている女は他に何人もいるのだ。中には、おせんより症状が重いものもいる」

「……」

「おせんだけ助けるわけにはいくまい。おせんを助けるのなら他の何人もの女にも同じように手を差し伸べてやらねばならぬのだ。それが出来ないのなら、よけいな真似はしないほうがいい」

「でも、ひとりでも助けることが出来たら……」

「そのひとりが、なぜおせんなのだ。たまたま、そなたが清助のことで知ったからであろう。同じように苦しんでいる女たちは見捨てるのか」

「……」

「おせんに手を差し伸べるのだとしたら、体が元通りになるまで借金の返済を待ってもらうように五兵衛を説き伏せることだ」

「先生の仰ることはよくわかります。でも、何か腑に落ちません。目の前に困っている者がいるのに……」

新吾は悔しそうに言う。

「吉田町にはおせん以上に悲惨な者もいる。おせんはそれでもまだ若いほうだからい。四十をとうに過ぎた女もいるのだ」

「切ないですね」

「おせんのために何かしてやれるとしたら、もうひとつある」

「なんでしょうか」

「おせんを岡場所に売った亭主だ。その男を捜し出して、おせんに罪滅ぼしをさせるのだ。もっとも、亭主とてまっとうな暮らしが出来ているかわからぬが」

「……」

「そのことで来たのか」

「いえ」

新吾は首を振った。

「じつは、おせんさんは清助さんといっしょに神田川で長持の荷物を船に移すところを見ていたんです」

新吾は詳しく語った。

「清助さんは引き返していく一行のあとをつけ、松江藩上屋敷に入ったのを見たのです。そして長身で猫背ぎみの侍が世羅紋三郎という名だと知り、世羅紋三郎さまを呼び出して強請をかけたのです」

清助が強請をかけた背景には自身の命が残り少ないということもあったに違いないと、新吾は付け加えた。

「ご家老に、今の話をし、世羅さまとの面会をお願いしたのですが、けんもほろろに拒まれました」

家老の宇部治兵衛とのやりとりを話し、

「これ以上、食い下がると、番医師を辞めさせられかねません」

「辞めたらどうだ」

「えっ?」

一瞬、幻宗が何を言っているのかわからなかった。

「松江藩上屋敷のお抱え医師になってから、そなたはいろいろなことに巻き込まれる。

松江藩に限らず、大名屋敷にはいろいろな陰謀が渦巻いている。辞めさせられるなら、好都合だ。早く辞めたほうがいい」

幻宗はあっさり言う。

「私もしがみついているつもりはありませんが」

かといって、そのこと以外では上屋敷に不満があるわけではない。

「おきよと与助は間宮林蔵どのの間者だから拷問を受けたのではない。何か秘密を摑んだのであろう。自害というが、自害に追い込まれたのだから実質は殺されたも同然だ」

「はい、そう思います。自害しなかったとしても、斬られていたと思います」

「秘密を知られたのだ。絶対に生きて外に出さないはずだ」

幻宗は顔をしかめ、

「清助殺しの下手人を突き止めることで、その秘密に迫れるかもしれぬ」

と、付け加えた。

「その果てに辞めさせられるならそれでいいだろう」

「よけいな真似をするなと叱られるかと思いました」

「止めても引き下がるようなそなたではないからな。それに、このことがきっかけで松江藩を辞めさせられるなら結構なことだ」

幻宗は真顔で言った。

「わかりました」

幻宗は松江藩と縁を切らせたいためのようだが、新吾は幻宗の後押しを得たような気になった。


幻宗の施療院を出て、新吾は高橋を渡り、大川のほうに向かった。

つけられているのに気づいた。間宮林蔵かと思ったが、殺気を感じた。万年橋《まんねんばし》南詰めに差しかかったとき、つっと迫ってくる地を蹴る音を聞いた。

新吾はさっと身を翻した。匕首を構えた賊が行き過ぎて踏ん張り、体勢を整えた。

賊は黒い布で頬被《ほおかむ》りをしていた。両手を広げるように構え、腰を落として迫ってくる。

新吾は無手《むて》で対峙する。

「何者だ？」

誰何《すいか》したと同時に賊が匕首を振り下ろしてきた。無気味な風を切る音が響いた。新吾は後ずさりしながら匕首を避ける。

相手の動きが止まった隙をとらえ、新吾は素早く相手に向かって突進した。頬被りの中の目が見開かれた。新吾は賊の胸倉をつかみ、足をかけて押し倒した。そのとき、匕首は奪っていて、新吾の手にあった。

新吾は起き上がろうとした賊の眼前に切っ先を突き付けた。

「動くな。へたに動くと鼻が削がれる」

そう脅し、頬被りの結び目に切っ先を当てて裂き、黒い布をはぎ取った。賊は顔を背けた。だが、眉毛の薄い目尻のつり上がった顔が目に入った。

「誰かに頼まれたのか」

「……」

男は口を固くつぐんでいる。

「清助殺しと関わりがあるな」

微かに眉をぴくりとさせたが、男は口を開こうとしない。

「仕方ない。奉行所に突き出す」

そのとき、激しい殺気が迫ってきた。新吾は横っ跳びに逃れた。剣が空を斬った。

その隙に顔を晒《さら》した賊は転がって新吾から離れ、すばやく立ち上がった。

覆面をした侍が剣を八相《はっそう》に構えて迫ってきた。新吾は匕首を逆手に握り、覆面をした侍と向き合った。

侍が上段から斬りつけた。その剣を逆手に握った匕首で受け止めるや、新吾は左手で相手の手首を摑む。

その手首をひねる。うっと侍は呻いた。剣を持つ手の力が緩んだ。すかさず、新吾は足払いをした。

侍は大きく背中から倒れた。その侍の覆面をはぎとろうとしたとき、風を切って何かが飛んできた。

新吾は匕首で振り落とした。握り拳より小さな石だ。続けざまにまた石が飛んできた。また、匕首で弾く。

飛んできた方角を見ると、小名木川の対岸に賊が逃げていくのがわかった。その間に、ふたりの賊は逃げだした。

「待て。忘れ物だ」

頰被りをしていた賊が立ち止まって振り返った。

「ほれ」

新吾は匕首を放った。

宙を飛んで、賊の足元に匕首が突き刺さった。賊はあわてて匕首を摑み、侍と共に走り去って行った。

翌朝、松江藩上屋敷に着くと、新吾は表長屋を訪ね、世羅紋三郎を捜した。

紋三郎の住まいを捜し当て、戸を開けて土間に入った。

「ごめんください」

新吾が声をかけると、長身で猫背ぎみの侍が顔を出した。鋭い眼光で、顎が長く尖っている。三十歳過ぎだ。

「世羅紋三郎さまですね」

新吾は確かめる。

「そうだが」

鋭い眼光を向けてきた。

「私は番医師の宇津木新吾と申します」

「何の用だ？」

「世羅さまは半月以上前、神田川まで長持を運びませんでしたか」

「知らぬな」

「清助という男に会ったことはありますか」

「清助とは何者だ？」

「野菜の振り売りの男です。先日、神田川で殺されました」

「それがどうした？」

「長持の一行は神田川まで行き、中の荷物を船に移し替えたそうです。そのありさまを見ていたのが清助さんです」

「……」

「清助さんは引き上げる長持の一行のあとをつけたのです。そして、この屋敷に入って行くのを見届けた。さらに、その一行の中にいたお侍の特徴を門番に伝えたところ、世羅さまの名を聞いたのです。いかがでしょうか」

「俺には関わりない」

「世羅さま。三味線堀の辺にある辻番所の番人が世羅さまらしきお侍が長持を運ぶ一行の中にいたと言ってました」

新吾は迫った。

「俺とは関係ない」

紋三郎は口元を歪めて言う。

「藩士の中に、世羅さまによく似た体つきのお方がいたということでしょうか」

「さあな。もう引き上げてもらおう」

紋三郎は新吾を追い出そうとした。

「世羅さまは、向川さまのお屋敷で奥女中のおきよと中間の与助が死んだことを……」

「そなた、お抱え医師の分際で、何を調べているのだ？」

「ひとが殺されているのです。何があったのか知りたいのです」

新吾は言ったあと、

「昨夜、私は何者かに襲われました」

「俺には関わりない」

「長持を運んだことはないのですね」

「しつこい」

紋三郎は怒鳴った。

「わかりました。失礼いたします」

新吾は土間を出たところで立ち止まり、大きく深呼吸をした。

番医師を辞めさせられることになろう。新吾にその覚悟は出来ていた。

昼過ぎに、新吾は上屋敷を出た。向柳原から新シ橋に差しかかったとき、編笠をかぶった浪人が前から歩いてきた。橋の真ん中ですれ違うことになる。

「勘平、少し離れろ」

新吾は低い声で言う。

「はい」

異変を察したように、勘平は歩みを止めた。

新吾はそのまま橋を渡りはじめる。凄まじい殺気が迫ってきた。

編笠の侍に近づいた。新吾はそのまま進む。侍が刀の鯉口《こいぐち》を切る気配がした。しかし、そのまま侍はすれ違っていった。

橋を渡り切って、新吾は振り返った。編笠の侍も対岸からこちらを見ていた。新吾から隙を見出せなかったのだろう。

新吾はおやっと思った。どこかで出会ったことがある。そんな感じがしたのだ。気のせいだろうか。

編笠の侍は体の向きを変え、川沿いを上流のほうに去って行った。

「新吾さま」

勘平が駆け寄った。

「あの侍、お知り合いなんですか」

「どうしてそう思うのだ?」

「だって、すれ違ったあと、ずっと新吾さまを見ていたではありませんか」

「どこかで会ったことがある。しかし、松江藩の藩士ではない」

新吾はすぐには思いだせなかった。

たまたま行き合わせたとは思えない。新吾がこの道を通ることを知っていて待ち伏せていたのではないか。

昨夜の賊のことを思いだした。賊をとらえたとき、石が飛んできた。その投擲の主が今の侍かもしれない。

世羅紋三郎の仲間か。しかし、紋三郎を問い詰めたのは今し方だ。家老の宇部治兵衛が新吾を亡きものにしようとするとは思えない。その前に、お抱え医師を辞めさせるだろう。

やはり、向川主水介か……。主水介の屋敷で、おきよが拷問を受けたことから始まっているのだ。

二

その夜、夕餉をとり終えて、新吾は家を出た。

永代橋を渡り、小名木川を越え、北森下町の松蔵の住む長屋にやって来た。手前から二軒目の腰高障子を開けたが、中は暗かった。まだ、帰っていなかった。

新吾は木戸の外で待ったが、まだ戻って来そうにもなかった。ひょっとして、おとよのところに寄っているのかもしれないと思った。

新吾は長屋木戸を出て、佐賀町のほうに向かった。

小名木川にかかる高橋を渡る。背後を窺ったが、つけられてはいないようだった。

高橋を渡ってすぐ右に折れる。万年橋南詰めにきて、襲われたときのことを思いだした。襲撃者はふたりだったが、もうひとり石を投げつけた男がいた。その者は昼間、新シ橋で擦れ違った侍のような気がする。

佐賀町に向かいかけたとき、前方から商売道具を肩から下げた男がやって来た。松蔵のようだ。

松蔵も新吾に気づいて近寄ってきた。

「宇津木先生」

「ちょうどよいところに。今、長屋を訪ねたところでした」

「そうでしたか」

「おとよさんのところに？」

「へえ」

松蔵は頷いた。

「ちょっと向こうに」

新吾は川のほうに松蔵を誘った。

波打ち際に立って、新吾は口を開いた。

「おせんさんに会ってきました」

「おせんさんに会えたのですか」

「ええ、迷惑をかけてはいけないと、あえて清助さんにはひと違いだと言ったそうですが、清助さんはわかっていたのでしょうね。松蔵さんが仰ったように、清助さんはおせんさんを助けようと強引な真似をしたんだと思います。でも、そのために命を
……」

「で、おせんさんはどうしているのですか」

「体を壊し、やせさらばえていますが、商売には出かけているようです。食べていくためには働かなくてはなりませんので」

「……」

「でも、あんな体でいつまでも無理は出来ません。私の師の幻宗先生が往診に行っていますが、いずれ起き上がれなくなります」

「そうですか」

「なんとかしてやりたいと思っても、他人では限界があります」

「身寄りはないようですからね」

松蔵はしんみり言う。

「おせんさんのご亭主のことを清助さんから聞いていませんか」

「いえ。聞いていません」

「おせんさんは履物屋の内儀だったそうですが、どこの土地だったか聞いていませんか」

「築地《つきじ》の本湊《ほんみなと》町だと思います」

「わかりました」

「どうするのですか」

「おせんさんのご亭主を捜そうと思います。元はといえば、おせんさんをこんな目に遭わせたのはご亭主ですからね」

「なぜ、そこまで」

「亡骸を検死したとき、清助さんが何かを訴えかけているような錯覚がしたのです。いえ、ほんとうに清助さんは何かを訴えかけていたのです。最初は妹のおとよさん一家のことかと思ったのですが、松蔵さんがついていることを知り、訴えは別のものだと。そして、おせんさんのことを知り、清助さんが私に訴えかけていたのはおせんさんのことだと思ったのです」

「赤の他人ではありませんか」

「ええ、生前の清助さんを知りません。でも、幻宗先生の施療院に通っていたり、何かの運命を感じたのです」

「そうですか。あっしにはそこまで出来ません」

「いえ、松蔵さんはおとよさんたちの力になってやってください」

「はい」

新吾は松蔵と別れ、帰途についた。

翌日の昼過ぎ、新吾は鉄砲洲稲荷《てっぽうずいなり》の前を過ぎ、本湊町にやって来た。

新吾は自身番《じしんばん》に寄り、八年ほど前に人手に渡った履物屋のことを訊ねた。すると、詰めていた家主が覚えていた。

「亭主の勘太郎《かんたろう》が手慰みで店と家をとられたんです。内儀のおせんさんと離縁し、勘太郎はどこかに行ってしまった」

家主は表情を曇らせて言う。

「その後、勘太郎さんがどこで何をしているのかはわからないのですか」

「ええ。でも、近所の者は知っているかもしれません」

履物屋があった場所を聞き、新吾はそこに向かった。

荒物《あらもの》屋の隣に絵草紙屋があった。そこが履物屋だった場所らしい。

新吾は荒物屋の店先に立った。薄暗い中で亭主らしい年寄が店番をしていた。

「失礼します」

新吾は声をかけた。

「いらっしゃいませ」

亭主は立ち上がった。

「すみません。客ではないんです。私は深川の村松幻宗先生の施療院の者で宇津木新吾と申します」
屋だったそうですね」
「はあ」
「昔、お…す」
夫婦を覚えていらっしゃいますか」
「ええ、…せんさんのことですね。よく、覚えています」
…んだ声にな…た。
…いきさつをご存じですか」
…人手に渡っ…さずり込まれて、あげく全財産をとられてしまったんですよ」
…郎が博打…込まれた？」
…打に引きに引っ掛かったんです。当時、勘太郎は二十六歳ぐらいでした。ち
「ええ、…場に誘い込まれて。最初のうちは勝ち続けていい気になっていました。
やほや…手だということも知らず、すっかり博打の虜《とりこ》になってから負け始め、
…間にとんでもない借金に」
それ…やりきれないように顔を歪め、
何度も注意をしたんですが、まったく聞く耳を持っていませんでしたね。気が

いたときにはどうしようもないほどの借金にまみれていました。家をとられただけ
足りず、借金取りに内儀さんは岡場所に売り飛ばされて……」
さんを岡場所に売ったのは勘太郎さんではないんですね」
「今 ですが、もとはといえば亭主が悪いんです。勘太郎がおせんさんを売り飛ば
ですよ」
「いったさんがどこにいるかご存じではありませんか」
亭主はきのようなことで勘太郎を捜しているんですか」
「じつはおせんに。は体を壊し、幻宗先生の往診を受けているのです。もし、勘太郎
んに会えば元気が るかと思いまして」
んさんはまだ深 の岡場所に？」
そこにはいません、今は別の場所で……」
亭主言えず、曖昧に答える。
「いえ、 ですか」
養生させずに病状を気にした。
ば治ります。でも、働かないと生きていけないの
捜して働

きに行ってしまうのです。もし、ご亭主に会えば、気持ちも落ち着き、養生に専念してくれるようになるのではないかと」

「もう別れてから何年にもなりますからね」

亭主は首をひねりながら、

「池之端仲町のなんとかという大きな呉服問屋で下男をしているらしい」

と、教えてくれた。

「池之端仲町ですね。わかりました」

「勘太郎に会いに行くのですか」

「ええ、もうおせんさんのことを忘れてしまっているかもしれませんが、会うだけ会ってみます」

礼を言い、亭主と別れて池之端仲町に向かった。

新吾は池之端仲町にやって来た。木戸番屋《ばんや》の番太郎《ばんたろう》に、大きな呉服問屋をきくと『三室屋』だと教えてくれた。場所を聞いて、そこに向かった。

通りの両側には大店が並び、武士や商人、職人、僧侶、大道芸人らが行き交い、駕《か》籠《ご》も通って賑わっている。『三室屋』は松江藩上屋敷に出入りをしている商家だ。三日前に、主人の藤兵衛から挨拶をされたばかりだった。

新吾は店先に立ち、手代ふうの男に声をかけた。

「申し訳ありません。こちらに奉公している下男のことで」

「下男ですって。それは裏できいてくださいな」

突き放すように言う。

「裏？」

「いずれにしろ、今は無理です」

困惑していると、

「宇津木先生じゃありませんか」

と、声をかけられた。新吾は振り向いた。四十歳ぐらいの渋い感じの男が立ってい
た。切れ長の目で鼻筋が通っている。

「あっ、三室屋さん」

新吾は思わず口にした。

「驚きました。宇津木先生がこんなところに」

藤兵衛は不審そうに、

「何か私どもに？」

と、きいた。

「勘太郎という男を捜しているんです。こちらで下男をしていると聞いて会いに来たのです」

「宇津木先生とどのようなご関係で?」

「じつは勘太郎さんの別れたおかみさんが今病に倒れて養生をしているのですが、勘太郎さんにそのことをお知らせしたくて。出来たら会いに来てもらえたらと」

「そうですか。確か、勘太郎という下男はいたはずです。よろしいでしょう」

藤兵衛はさっきの手代を呼び、

「宇津木先生を裏口までご案内するように」

と、命じた。

「はい」

手代はさっきと態度を一変させて、

「どうぞ、こちらに」

と、案内に立った。

新吾は手代について店の裏にまわった。裏口に着くと、手代は戸を叩いた。しばらくして、戸が内側から開いた。

女中が立っていた。

「どうぞ、お入りください」

新吾は潜り戸をくぐった。

広い庭で、手入れも行き届いている。木々の葉も紅く染まっている。奥に土蔵がふたつ並んでいる。

炭小屋があって、その前で三十半ばぐらいの男が片肌を脱いで薪《まき》を割っていた。

藤兵衛が庭に出てきた。女中にご苦労と声をかけ、新吾に顔を向けた。

「あの男が勘太郎です」

藤兵衛は言い、近づいて行った。

勘太郎は藤兵衛に気づき、斧《おの》を下ろした。

「勘太郎。ちょっと」

藤兵衛が声をかける。

「はい」

勘太郎は急いで肩を仕舞って近づいてきた。

「こちら医者の宇津木先生だ。おまえさんに話があるそうだ」

「……」

勘太郎は不思議そうな顔をした。

「宇津木新吾と申します。勘太郎さんは、以前は築地の本湊町で履物屋をやられていましたか」

新吾は確かめるようにきく。

勘太郎は苦しそうに顔を歪め、

「昔のことです」

と、俯いて消え入りそうな声で言う。

「おせんさんのことを覚えておいでですか」

「おせん……」

はっとしたように、勘太郎は顔を上げた。

「おせんとはとうの昔に別れました」

「今、どうしているのか気にならないのですか」

「昔のことですから」

「会いたいとも思いませんか」

「ええ」

「会いたいと思わないのですか」

「だって、もう関係ないですから」

「関係ないですって」

新吾は思わずかっとなった。

「別れたのは誰のせいだと思っているのですか」

「……」

「あなたのせいで、おせんさんは岡場所に売られ、その後、病に罹って女郎屋を追い出され、今はやせさらばえ……」

新吾は言葉を切った。

「すみません、興奮して。あなたの気持ちはわかりました。もう何も言うことはありません」

勘太郎に文句を言うために来たのではない。情があるならおせんに会いたがると期待したのだが、勘太郎にはもはや昔のことなのだ。

そんな薄情な男におせんへの助けを求めても無駄だ。

「失礼します」

新吾は踵《きびす》を返した。

「宇津木先生」

藤兵衛が追ってきた。

「勘太郎に何があったのでしょうか」

「別れたおかみさんが苦しい暮らしをしているので、もし情があれば助けてくれるかもしれないと思ってやって来たのですが……」

新吾は首を横に振り、

「別れてだいぶ経っているのですから、勘太郎さんが言うように昔のことに違いありません」

「私からも説いてみましょうか」

「いえ、無理強いをしてもお互いによくありません」

「今、おかみさんはどこに？」

「病に罹り、今は夜鷹に……」

「夜鷹……」

「すみません。もう、勘太郎さんには関係ないことですから」

「しかし」

そこに女中が呼びに来た。

「旦那さま。岩田《いわた》さまがお出でになりました」

「なに、もういらっしゃったか。すぐ、行く」

「はい」

女中は去って行った。

「宇津木先生、もっと詳しい話をお聞きしたいのですが、客人がいらっしゃいましたので」

「いえ、この件は忘れてください」

藤兵衛と別れ、裏口に向かいかけたとき、

「もし」

と、勘太郎が追いかけてきた。

新吾は立ち止まって振り返る。

「今、おせんはどうしているのですか」

勘太郎がきいた。

「聞いてどうするのですか」

「それは……」

「おせんさんはあなたのせいで落ちるところまで落ちて……」

「おせんは何を？」

「柳原の土手で商売をしています」

「夜鷹……」

勘太郎は目を剝いた。

「病に罹って最初に売られた女郎屋を辞めさせられ、それから夜鷹に。生きていくためにはその道しかなかったのです。静かに養生していれば病は回復するようですが、病を押して商売に出ているようです。そんなことを続けていたら、取り返しのつかないことになってしまいます。おせんさんを助けることが出来るのはあなたしかいません。だから、あなたを捜したのです」

「おせん……」

勘太郎はその場にくずおれた。

「勘太郎さん。会いに行ってくれますか」

「今さら、合わせる顔はありません」

勘太郎は震える声で言う。

「おせんさんが会いたいと言ったらいかがですか。それでも会いに行けませんか」

「おせんはあっしを恨んでいるはずです。あっしを許すはずはありません」

「でも、おせんさんに望みを与えることが出来ます。そうすれば、きっと病に打ち勝てるはずです」

「……」

「勘太郎さん、また来ます」

俯いたままの勘太郎に言い、新吾は『三室屋』をあとにした。

三

新吾はその足で、本所吉田町に向かった。

法恩寺《ほうおんじ》橋の手前にある夜鷹の住んでいる一帯に入った。莚や白粉、手拭いなど夜鷹の商売道具を売っている店の前を過ぎ、五兵衛の家に向かった。

五兵衛に挨拶をし、おせんが住んでいる小屋に行った。

薄暗い小屋で、おせんは横になっていた。

「おせんさん」

枕元に座り、新吾は呼びかけた。

おせんは目を開けた。

「あっ、先生」

弱々しい声で言う。

「どうですか、具合は?」

「ちょっとだるくて」

「失礼」

新吾は額に手を当てた。熱がある。

盥《たらい》に水が汲んであるのは朋輩が看病に来てくれているのだろう。新吾は手拭いを水に浸し、絞ってからおせんの額に載せた。

「すみません」

「おせんさんは、ご亭主を恨んでいますか」

「一時は恨みました。でも、今はもう……」

「ご亭主に会ってみたいとは思いませんか」

「……」

おせんは天井《てんじょう》に目を向けたままだ。

「いかがですか」

「会っても仕方ありません」

「ご亭主が今どこで何をしているのか気になりませんか」

「私を捨てていったひとです」

「それは借金のためで、あなたを嫌いになって別れたわけではないのですよね」

「私が岡場所に売られていくとき、必ず迎えにいくと泣きながら言ってくれました。でも、迎えに来ることはありませんでした。自分だけが食べていくので精一杯なのか、あるいは新しいおかみさんが出来て……」

おせんは声を詰まらせた。

亭主の勘太郎に会った話をしようとしたとき、おせんが言った。

「仮に、うちのひとが私に会いたいと言っても、私は会いたくありません」

「なぜですか」

「こんなにげっそりやせて、昔とすっかり変わってしまった姿を見られたくありません。今の私の姿を見たら、誰であろうと幻滅するはずです」

「そんなことはありません。現に清助さんはあなたのために……」

あなたのために命を賭けたという言葉を喉の奥に呑み込んだ。

「うちのひとには今の私の姿を見られたくありません。うちのひとには昔のままの私の面影を胸に畳んでおいて欲しいのです。お願いです。どうか、もうそのことは……」

言わないでくれと、おせんは訴えるように言った。

「わかりました」

新吾は胸をかきむしりたくなるほどやるせなかった。

戸口に、五兵衛が現われた。

「おせん、そろそろ支度《したく》だ」

「はい」

「ちょっと待ってください」

新吾は五兵衛の顔を見て、

「おせんは熱があります。きょうは無理です」

「先生」

おせんは起き上がって、

「私ならだいじょうぶです」

「無理してはいけない」

新吾は言い、五兵衛に向かい、

「お願いです。今日は休ませてあげてください」

「いえ、行きます」

おせんは起き上がっていた。

新吾はやりきれない思いで、おせんと別れ、竪川《たてかわ》に出て、二之橋《にのはし》を渡った。弥勒寺《みろくじ》橋を渡り、北森下町を過ぎ、常盤町に差しかかったが、きょうは幻宗の施療院に寄らず、まっすぐ帰途についた。

日本橋小舟町の家に着いたとき、路地から饅頭笠の侍が現れた。間宮林蔵だった。

「向こうへ」

林蔵は先に立った。

伊勢町堀の立ち並んでいる土蔵の間を抜けて堀際に出た。葉の落ちた柳の枝が風にそよいでいた。

辺りは薄暗くなっていたが、今ごろ荷を載せた船が着いた土蔵もあった。

「間宮さま。おきよさんが何を掴んだのか、私には探り出すことは出来ません」

新吾は先回りして言った。

「わかっている。ただ、どうしても腑に落ちなかったことが、なんとなくわかったような気がする。そのことを、そなたに伝えたかったのだ」

「腑に落ちなかったことですか」

「おきよが嘉明公と高見左近の話を盗み聞きしたことだ」

林蔵は厳しい顔で続ける。

「おきよには、危険な真似はするなと言っておいたのだ。なのに、なぜ盗み聞きなどしたのか。そこまで望んでいなかった」

「なぜ、ですか」

「与助から頼まれたと考えるしかない」

「与助さんが、嘉明公と高見さまの話を盗み聞きしろとおきよさんに頼んだということですか」

「そうだ。おきよが自分の考えでそこまでするとは思えない」

「与助さんは何かをつかんだからこそ、おきよさんに盗み聞きを頼んだということになりますね」

「どこまでかはわからないが、何かをつかんだのだ。与助は向川主水介の屋敷に忍び込んだに違いない」

「忍び込む？　与助さんはそこまでやられていたのですね」

「場合によってはそこまでしたはずだ。主水介の屋敷の床下で重大なことを耳にした。

そのことをおきよに話した。おきよがあのような行動に出たのはそのためだろう」

「でも、おきよさんは間宮さまからよけいな真似はしないように言われていたのですね。それなのに、与助さんの頼みを聞き入れたのでしょうか」

「わしもそのことが不思議だった。だが、そのわけもわかった」

「なぜですか」

「おきよと与助はいつしか恋仲になっていたのだ」

「恋仲？」

「そうだ。だから、おきよは与助の頼みを聞いたのだ。だから、ふたりの死はほんとうに心中だったのだろう」

「……」

麻田玉林と葉島善行が治療に当たったのだが、向川主水介は眠れない日々が続き、その後目眩を起こしたことがあった。

もしかしたら、与助がおきよを殺し、自分も喉を裂いたという凄惨な現場を見たためではないか。主水介はふたりを殺すつもりはなかったのだ。

「ふたりの亡骸は？」

「同じ墓に入れた。ふたりが恋仲であってくれたら、いくらかは救われる」

林蔵は素直に言った。

「それだけだ。では」

林蔵は踵を返した。

「間宮さま。ふたりが探ったか、あるいは探ろうとしたことを調べていらっしゃるのですか」

新吾は呼び止めた。

「いや。与助がいなくなってはもう無理だ。手を引かざるを得ない」

「手を引くというのは松江藩からということですか」

「そうだ。もともと、ふたりを忍び込ませたのは抜け荷の件があったからだ。五年前の訴えが老中の板野美濃守に握りつぶされた。その後も抜け荷を続けている疑いがあり、上屋敷と国元にも間者を送った。それで今回の抜け荷が発覚したが、またも美濃守が動いた形跡があった。だが、さすがにこれで松江藩も抜け荷を続けることは出来なくなった。抜け荷をやめるということはおきよと与助の報告でも上がっていた」

「では、ふたりはお役御免になるはずだったのですね」

「そうだ。折をみて、上屋敷から引き上げさせるつもりでいた」

林蔵は悔しそうに言う。

「では、ふたりともお役目は済んだと思っていたのですね」

「そうだ」

「それなのに、何かをきっかけに、与助さんは動いたということになりますね」

「そうだが、それが何か、もはや知ることは出来ぬ」

「ご家老の宇部治兵衛さまはふたりが間宮さまの間者だとは一言も口にしていません。松江藩はなぜ、間者だということを隠しているのでしょうか」

「体面だ。間者を殺したということになれば、秘密を抱えている疑いが濃くなる。だから、奉公人同士の色恋沙汰の仕置きにしたのだ」

「あくまでも秘密があることを隠したいのですね」

「そういうことだ。そして、それは成功した。秘密は守られたのだからな」

林蔵は自嘲《じちょう》した。

「それなのに、長持の亡骸を船に移すところを見た清助さんに強請られたことは松江藩にとっては大きなことだったのでしょうか」

「わしが大目付に間者が殺されたと訴えても、心中したと言い張ることで疑いを逸らすことが出来る。だが、上屋敷内で死んだとなれば、また事情がかわってくる。そのことを用心したのだろう」

「間宮さまは大目付に訴えるつもりはないのですね」

「ない。こっちの分が悪いのでな。ふたりが摑んだ秘密の一端でもわしに届いていたら、また違ったのだが」

林蔵はため息混じりに言い、その場から去って行った。

林蔵の悄然《しょうぜん》とした後ろ姿を、新吾ははじめて見た。


伊勢町堀から家に戻った。

すでに診療を終え、通い患者もみな引き上げたあとだった。

「義父上、診療を手伝えず、すみませんでした」

新吾は順庵に詫びた。

「なに、うちのほうは心配しなくていい」

順庵は上機嫌で言う。

「義父上、何かありましたか」

「うむ、きょうは木挽町にある大店に呼ばれた。薬礼を弾んでくれた。さすがに、お抱え医師の威力はたいしたものだ。これもみな新吾のおかげだ」

「……」

新吾は返事に窮した。

清助殺しの件を追及している新吾に、どのような制裁が下されるかわからない。それこそお抱え医師を辞めさせられるかもしれないのだ。

そうなれば、また手のひらを返したように大店の往診もなくなるだろう。順庵の満面の笑みも消えることになる。

それを思うと、何もしないほうがいいのだが、自分の性分としてそれは出来ない。清助殺しの真相を明らかにしたいのだ。

自分の部屋に入り、香保の手伝いで着替える。

「今度、いっしょに漠泉さまのところに行きたい。香保にも岳父どのが本心を述べているのかどうかを見てもらいたい」

「すみません、父のことを気にかけていただいて」

香保が頭を下げた。

「香保の父親だからではない。漠泉さまのようなお方には表舞台で活躍していただきたいのだ」

「新吾さんにそう思われて父も本望だと思います」

「なんとかふたりで漠泉さまの気持ちを表舞台に向けさそう」

「はい」

香保の美しい目が潤んでいた。

それから夕餉になり、順庵はさっそく酒を呑みはじめた。

新吾は夕餉をとりながら、おせんのことを思いだしていた。おせんは勘太郎が許せないというより、今の惨めな姿を晒したくないのだ。

勘太郎はさらに説き伏せればおせんに会ってくれるかもしれない。だが、おせんがそれを拒んでいる。

「どうした、何か屈託がありそうだが」

順庵が心配して新吾を見た。

「じつは夜鷹のおせんさんのことで」

「夜鷹？」

「じつはこういうわけで」

新吾は事情を説明した。

順庵は話を聞き終えて、

「おせんという女子《おなご》はなんと不幸なんだ。それにしてもひどい亭主だ」

と、憤慨した。

「それでも、おせんさんを助けることが出来るのはご亭主だと思い、捜し出しました」

「見つかったのか」

「はい。おせんさんの力になるように説き伏せているところです。ところが、おせんさんが拒むのです。今の惨めな姿を見られたくないと」

「そうか」

「おせんさんの気持ちはわかるわ」

義母が口を入れた。

「亭主を恨んでいるから会いたくないのではないのか」

「いえ、やせさらばえた姿を見られたくないんですよ」

「亭主は今、どこでどうしているのだ?」

「池之端仲町にある呉服問屋『三室屋』で、下男をしています」

「下男か」

順庵は顔をしかめた。

「それではおせんを助けるのは難しいな。実入りも少ないだろうし、自由に外出は出来まい」

「確かにお金の面では助けにはならないかもしれません。でも、再会すれば生きる気力も湧いてくると思うのです。じつは、『三室屋』は松江藩の御用達なのです。主人の藤兵衛さんとは上屋敷で挨拶もしました。ですから、私の頼みも聞き入れてくれそうです。外出の許しを出してくれるかもしれません」

新吾は藤兵衛の穏やかな顔を思いだして言う。

「それなのに、肝心のおせんさんに拒まれては……」

「いや。諦めてはだめだ」

順庵は真顔になった。

「亭主が松江藩御用達のところで下男をしているというのは単なる偶然ではない。運命かもしれぬ」

「運命？」

「そうだ。新吾に最後までおせんと亭主のために力を尽くしてやれという天の声かもしれぬ」

「運命というほど大仰なものではないと思いますが、やはり巡り合わせですかね。義父上の仰るように、なんとか力になってやろうと思います」

「そうだ。それにしても、病に臥した夜鷹の姿を想像しただけで可哀そうだ。なんとかしてやるのだ」

「はい。すみません。楽しくない話を持ちだして」

「いや、そんなことはない。ひとのために力を尽くすことは自分にとってもいいことだ。いずれ、何らかの形で返ってくる」

順庵は手酌でぐいぐい呑んで、いい気持ちになっている。

「ほどほどにしないと、急患が来たらたいへんですよ」

義母が見かねたように注意した。

「だいじょうぶですよ。私が対処しますから」

新吾が言う。

「なに、これぐらい呑んだぐらいで腕は鈍らん。わしが診る」

順庵は息巻く。

新吾はふとあることを考えついた。勘太郎に話してみようと思った。

四

翌朝、松江藩上屋敷に出て、番医師の詰所で待っていると、麻田玉林がやって来た。

「麻田さま」

新吾は声をかける。

「つかぬことをお伺いいたしますが、麻田さまが年寄の向川さまのところに診察に伺ったときのことです。夜、眠れないということでしたね」

「うむ。それがどうした？」

「そのとき、向川さまの様子はいかがでしたか」

「目の下に隈ができ、少しつらそうだった」

「夜警の侍が向川さまのお屋敷からの悲鳴を聞き、盗っ人が入って向川さまが斬り捨てたという噂を聞いたそうですね。その盗っ人騒ぎは、向川さまが眠れないので麻田さまを呼ぶ以前のことですね」

「そうだ。おそらく盗っ人を斬り捨てた後味の悪さから眠れなくなったのではないかと推し量ったが、あとで盗っ人を斬ったのは間違いだったということになった」

夜警の侍というのは御徒の益山又一郎だ。新吾は又一郎に会ってその話を確かめたが、さらにあとになって、又一郎がその話を否定しにきた。

向川主水介が盗っ人を斬ったというのは間違いで、ほんとうは逃がしてやったということだと、わざわざ言いに来たのだ。

実際はこの間、挙動不審なおきよに疑問を抱き、主水介は正体を突き止めようと家来に拷問させたのだ。

拷問の末におきよが口を割り、与助のことがわかった。そこで、与助をとらえ、向川の屋敷に連れ込んだ。このとき、与助はすべて覚悟を決め、相手の隙を窺っておきよの喉を斬り、そして自分も喉を裂いたのだ。

この思わぬ出来事に、主水介は愕然《がくぜん》としたのに違いない。思い悩んで眠れなくなった。

数日後、ふたりの死体を長持に入れて、運び出した。それを見ていた男がいて、強請にかかった。その強請の主である清助を殺した。向川主水介が目眩がしたというのはこの殺生が原因だったのかもしれない。

「宇津木どの。それがいったいどうしたのだ?」

「いえ。ただ、向川さまが眠れなかったり、目眩を覚えたり、どうしてそうなったのか医者の立場として気になったものですから」

新吾は適当に答えた。

玉林は怪訝そうな顔をしていたが、それ以上は何もきかなかった。

しばらくして、新吾は玉林に声をかけた。

「玉林さま。ちょっと野暮用で外に出たいのですが」

「ああ。行ってくるがいい」

「はい」

新吾は御殿の外に出て、表長屋のほうに向かった。きょうは嘉明公は登城の用はなく、屋敷にいる。したがって、御徒の侍も長屋に待機していた。

新吾は益山又一郎の家の戸口に立った。戸は開いている。新吾は声をかけて土間に入った。

すぐに又一郎が顔を出した。

「宇津木先生」

又一郎は顔色を変えた。

新吾はなんとなく違和感を覚えた。

「何か」

又一郎が上がり框まで出てきていた。

「ちょっとお訊ねしたいことがありまして」

「……」

又一郎は警戒気味に眉根を寄せた。明らかに、以前と様子が違う。

「向川さまの屋敷に忍び込んでいたのは中間の与助だったということですが、与助は以前にもたびたび向川さまの屋敷に忍び込んでいたのでしょうか」

「さあ、私にはわかりません」

「与助はおきよという奥女中と情を通じて屋敷から放り出されたということです。ふたりが出て行くのを気づかれていましたか」

「宇津木先生」

又一郎は厳しい顔で、

「宇津木先生によけいなことを話さないように言われているのです」

「誰にですか」

「誰というわけではなく……」

「ひょっとして、世羅紋三郎さまの名を出したことが？」

「どうぞ、ご勘弁ください」

「向川さまのお屋敷に盗っ人が入ったのは以前にもあったのですか」

「……」

「益山さま。どうか教えてください」

「すみません、よけいなことは……」

苦しそうな顔で、又一郎が言う。

「夜、向川さまの屋敷から長持がふたつ出て行くのを見ませんでしたか。あるいは、誰かが見ていたという話を聞いたことは？」

「……」

さらに、問いかけようとしたとき、背後にひとの気配がした。

振り返ると、長身の侍が立っていた。

「世羅さま」

「こちらに」

紋三郎は長屋から離れ、人気のない植込みのほうに行った。

そこで立ち止まり、

「そなたは、まだ嗅ぎ回っているのか」

と、紋三郎は咎めるように言った。

「真実を知りたいのです。そして、清助さんを殺した下手人を見つけ出したいのです。清助さんは世羅さまに近づいたのではありませんか」

「くどい。知らないと言っている」

「清助さんのことはさておき、おきよさんと与助さんのことはご存じですね」

「ふたりは屋敷から出て行ったのだ」

紋三郎は鋭い眼光を向け、

「これだけははっきり言う。わしはこの数年、ひとを斬ったこともなければ、相手に刃を向けたことすらない。刀を抜いたのは刀身を磨くためだけだ」

「では、誰が斬ったのですか」

「知らぬ」

「お仲間ですか」

「そなたは医者だ。よけいなことで動き回らず、おとなしくしているのだ。そのほうが身のためだ」

「ほんとうのことを話してくだされば、素直に引き下がります。でなければ、私はもう少し調べることになるでしょう」

「たかが、心中ではないか。なぜ、それほどむきになるのだ」

「単なる心中ではありません。おきよさんは拷問を受けていたのです」

「拷問ではない。折檻だ」

「折檻は見せしめのためにするものではありませんか。おきよさんが折檻を受けたことなど、誰も知らないのではありませんか」

「……」

「あれは拷問です。何かをきき出すための」

「ばかな」

「では、なぜ、与助さんのことがわかったのですか。おきよさんは拷問に耐えきれずに与助さんの名を口にしたのではありませんか。それで、向川さまは与助を捕らえた。単に情を通じただけなら、そこまではしないでしょう。今度は与助を拷問にかけて背後の者をあぶり出そうとした。ところがその前に与助さんはおきよさんを殺して自害したのです」

「……」

「なぜ、奉公人同士が情を通じただけで、拷問にかけたりしたのでしょうか。そんなことは考えられません。拷問にかけたのは別の理由です。おきよさんは何か秘密を知ってしまったのではありませんか」

「待て。それ以上は言うな」

紋三郎は制し、

「そなたの身のためだ。おとなしく引き下がるのだ」

「身のためとはどういうことでしょうか。番医師を辞めさせられるということでしょうか、それとも身に危険が及ぶということでしょうか」

「……」

「一度、何者かに襲撃されました。それがこのことへの警告なのかわかりませんが、私は怯みません」

「そなたは元は武士なのか」

「はい。小身の直参の次男坊です。宇津木順庵という町医者の養子になりました」

「なるほど。だから気骨があるのか」

紋三郎が感心するように言う。

「私はおきよさんと与助さんが自害に追い込まれた理由をさぐるつもりはありません。ただ、清助さんを殺した下手人を捜し出したい。それだけなのです。お話をしていて、清助さんを斬ったのは世羅さまではないと思うようになりました。でも、手掛かりは世羅さまが握っているのです」

「俺は……」

紋三郎は言いさした。

「なんでしょうか。なんでもいいのです。教えてください」

紋三郎ははっと顔色を変えて、

「ここではまずい。場所を変えよう」

と、言った。

遠くから誰かがこちらを見ていた。紋三郎はその目を気にしたようだ。

「今宵五つ、薬研堀《やげんぼり》の元柳橋《もとやなぎばし》の袂で落ち合おう」

紋三郎は真剣な眼差しで言う。

「わかりました。今宵五つ、元柳橋の袂でお待ちします」

「では」

紋三郎は急いで新吾の前から離れて行った。紋三郎は何かを打ち明けてくれそうだ。期待に胸を膨らませて御殿のほうに向かいかけたとき、御殿から下がってきた『三室屋』の藤兵衛に出会った。

新吾はちょうどよかったと、藤兵衛に駆け寄った。

「三室屋さん」

新吾は声をかけた。

「これは宇津木先生」

藤兵衛はにこやかに応じた。

「昼過ぎに、下男の勘太郎さんに会いにいきたいのです。それで出来たら、半日ほど勘太郎さんにお暇をいただけましたら」

「おかみさんのところに？」

「はい。ただ、おかみさんは惨めな姿を見られたくないと言って会うのを拒んでいます。ですから、陰から見守るだけでしかないと思いますが」

「わかりました。店の者に伝えておきます」

「ありがとうございます」

新吾は頭を下げた。

藤兵衛と別れ、新吾は詰所に戻った。

玉林の姿はなく、勘平ひとりが留守番をしていた。

「麻田さまは？」

「新吾さまが出かけてから、すぐ向川さまから呼び出しがありました」

「向川さま？」

やがて、玉林が戻ってきた。

「お疲れさまです」

新吾は声をかけた。

しかし、玉林は無愛想《ぶあいそう》に頷いただけだ。

その後も玉林はよそよそしかった。

向川主水介に何か言われたのかもしれないと、新吾は思った。

昼過ぎ、上屋敷を出て、勘平を先に返して、新吾は池之端仲町に向かった。

世羅紋三郎が何かを話してくれそうだ。清助が殺された事情がわかるだろう。しかし、その事情を知ると、松江藩にとって不都合な秘密に行き着く可能性が生まれるかもしれない。

そうなったら、松江藩は新吾にお抱え医師を辞めるように言い渡すだろう。

そんなことを考えながら御徒町を抜け、下谷広小路《したやひろこうじ》を突っ切り、池之端仲町の『三室屋』にやって来た。

奉公人に話が通っていて、すぐに裏口から庭に通してもらい、下男の勘太郎と会うことが出来た。

「昨日、それとなく勘太郎さんの話を持ちだしましたが、おせんさんは会いたくないと拒みました」

新吾が言うと、勘太郎ははかない笑みを浮かべ、

「そうでしょう。私を恨んでいるでしょうから、顔も見たくないはずです」

「いえ、違います」

新吾は強い口調で、

「おせんさんは今の惨めな姿をあなたに見られたくないそうです。変わり果てた姿を見られるのが耐えられないのでしょう」

「……」

勘太郎はやりきれないように顎に手をやった。

「まだ、あなたへの思いがあるのに違いありません。あなたに会いたいけれど、会えばあなたががっかりする。会わなければ、あなたの心に若く美しい姿を永遠に刻むことが出来る。そう思っているのではないでしょうか」

「俺はなんと罪深いことをしたのだ」

勘太郎は俯いた。

「勘太郎さん。陰からおせんさんを助けてあげられませんか」

「陰から？　どうすればいいんですか」

「おせんさんら数人の夜鷹をとりまとめている組頭のような男がいます。その組頭におせんさんとの間柄を話し、あなたの責任でおせんさんを養生させてあげるのです。ただし、組頭の借金を返さないとなりませんが」

「わかりました。その組頭に会ってみます。借金はどのくらいあるのでしょうか」

勘太郎はきく。

「さあ、聞いていませんが、夜鷹になって三年ほど。最初は毎日働いていたようですから、そのときは借金はしていないでしょう。体を壊して休みがちになってから借金をつくったのだと思います。そんな大きな額ではないと思いますが」

「じつはおせんをいつか身請けしようとこつこつ貯めた金があります」

「身請けをしようとしていたのですか」

「でも、行方がわからなくなって」

勘太郎は顔を紅潮《こうちょう》させ、

「どんなに変わっていようが、私がおせんを助けます。宇津木先生、私を組頭に会わせてください」

「よく仰ってくださいました。これから行きましょう。『三室屋』のご主人には了解をとってあります」

「なにからなにまで」

勘太郎は頭を下げた。

それから半刻余り後、新吾と勘太郎は幻宗の施療院にいた。

療治の合間に、幻宗がやって来た。

「先生、おせんさんのご亭主の勘太郎さんです」

「勘太郎です。おせんがお世話になっているそうでありがとうございます」

「うむ。そなたが亭主どのか」

「はい」

「ここに来たというのは、己の仕出かしたことの罪滅ぼしをする覚悟が出来たと考えていいのだな」

「はい。どうか、おせんを助けてやってください」

「先生、これから勘太郎さんと吉田町に行って、五兵衛さんと話をつけてきます。どうか、おせんさんをここで養生させてください」

「わかった。早いほうがいい。あとから迎えをやる」

「わかりました」

新吾と勘太郎は施療院を出て本所に向かった。

四半刻後に、吉田町の五兵衛の家にいた。

「おまえさんがご亭主か」

五兵衛は目を細めて勘太郎を見つめる。

「はい。おせんがお世話になりまして」

「で、おせんを引き取ろうというのかえ」

「いえ、おせんが承知しないようなので」

「おせんさんは今の惨めな姿を見られたくないそうです」

新吾はおせんの気持ちを話した。

「そうですかえ。でも、その気持ちはわかりますぜ。おまえさん、今のおせんに会ったら気持ちが萎えてしまうかもしれませんぜ」

五兵衛は冷笑を浮かべた。

「いえ、おせんをそんなにしたのは私ですから」

「そうですかえ」

「で、借金はどのくらいあるのでしょうか」

「なに、たいしたことはありません。五両あれば」

「わかりました」

勘太郎は腹に巻いた晒の中から巾着を取り出し、一分や一朱などの銭を畳に広げた。

そして、五両を数え、五兵衛の前に差し出した。

五兵衛は確かめてから、

「確かに五両」

と言い、受け取った。

「借用書は？」

新吾はきく。

「そんなものはありませんぜ。稼ぎが少ないときにちょこちょこ貸したものが積み重なったんでね」

五兵衛は平然という。

「結構です」

勘太郎は言い、

「これで、おせんは自由の身に」

と、きいた。

「あっしらは女たちを年季で縛っているわけじゃありませんぜ。女たちがいつ辞めようが、いつまた商売をはじめようが勝手なんでね」

「では、明日にでも、おせんさんは幻宗先生の施療院で養生をしてもらいます。五兵衛さん、勘太郎さんの件はおせんさんには内密に」

「わかっています」

五兵衛は笑みを湛えた。

病に罹り、満足に商売が出来ない女など邪魔でしかない。厄介《やっかい》払いが出来て、金が手に入れば御の字だろう。

「では、元締のほうにもよろしく」

新吾は言い、腰を上げた。

五兵衛の家を出て、おせんが暮らしている小屋に向かう。

戸口に勘太郎を残し、新吾は中に入る。

おせんは横になっていた。

「おせんさん」

新吾は声をかける。

「あっ、宇津木先生」

おせんは起き上がろうとした。

「だいじょうぶですか」

いつもはそのままでと言うのだが、新吾はおせんが半身を起こすのを待った。

「きょうはいつもより気分はいいのです。それに、そろそろ、支度をしないと」

「おせんさん。じつは今、五兵衛さんと話してきました。無理して働き続けるより、早く病を治してから働いてもらったほうが助かると五兵衛さんも仰いましてね。それで、幻宗先生の施療院で養生をしてもらおうと」

「でも、働かないと借金が返せないんです」

「そのことは心配いりません。そろそろ施療院から迎えがきますから、ここを出て行く支度をしてください」

「いいんでしょうか」

「まず、病を治すことです。あなたはそのことに専念してください」

戸口に影が射した。振り向くと、五兵衛が立っていた。

「おせん。幻宗先生の施療院から迎えがきた。これからしばらくそこで養生するのだ」

「じゃあ。おせんさん、外で待っていますから支度を」

新吾は言い、五兵衛とともに小屋を出た。

外に、施療院の若い助手がふたり、大八車《だいはちぐるま》を用意して待っていた。

新吾はふたりに会釈をし、勘太郎のところに行った。

「おせんがあんなに変わり果てて……」

勘太郎は絶句した。

「逃げだしたくなりましたか」

「いえ、これから支えていきます」

「しばらくは姿を隠して」

「はい」

「勘太郎さん。手拭いで頬被りをして大八車を曳いていったらいかがですか」

新吾は迎えの助手に、そのことを告げた。

やがて、おせんが大八車に敷いたふとんに横たわり、勘太郎が曳く大八車で吉田町を去って行く。

清助もこれで安心するだろうと思いながら、新吾は大八車を見送った。

五

その夜五つ前に、新吾は薬研堀の元柳橋の袂にある柳の木の陰に立った。

雨雲が張り出していた。川風が冷たく吹きつけてきた。やがて、雨が降り出しそうだ。両国広小路は暗く、ひと影は両国橋に向かう。駕籠が近づいてくるのは船宿か料理屋の客のようだ。

世羅紋三郎はまだやって来ない。上屋敷では話せないことを打ち明けようとしていることはわかった。

紋三郎がどこまで話してくれるかわからないが、長持の中の亡骸を船に移したことは認めるだろう。清助が強請にきたことまでは認めるのではないか。

だが、清助殺しはどうか。紋三郎は頑なに否定していた。ほんとうに紋三郎の仕業《しわざ》ではないのかもしれない。

紋三郎はただ命じられて長持の付添いをしていただけかもしれない。その場合、下手人の名を口にするかどうか。

ここに来てから四半刻は経過した。両国広小路にこちらに向かって来るひと影はない。

さすがに妙だと思いだした。何かあったのか。

それからほどなく、風を受けながら両国広小路を突っ切り、薬研堀のほうに近づいてくるひと影があった。

新吾は柳の陰から出た。編笠をかぶった侍だ。大柄だが、体つきからして紋三郎ではない。

編笠の侍の歩きが早い。いつの間にか、かなり近づいてきた。

新吾はおやっと思った。いつぞや、新シ橋ですれ違った侍に似ていた。侍はまっすぐこちらにやって来る。

はっとして背後を見た。覆面の侍がふたり橋を渡ってきた。

新吾は柳の木のほうに移動した。覆面の侍がいきなり剣を抜いて迫ってきた。

「何者だ？」

新吾は誰何する。

前と同じように、相手は無言だ。ふたりの背後には編笠の侍が立っていた。ふたりが斬り損ねたら、代わって襲う気だろう。

新吾は無手でふたりの侍と対峙をした。ひとりが無言で斬りつけてきた。後ろに飛び退いて剣先をよける。相手は続けざまに斬り込んでくる。

何度か剣をかわしたあと、相手の隙に乗じて胸元に飛び込んで相手の手首を摑み、足払いをして倒した。その刹那《せつな》、相手の剣を奪った。

もうひとりが横合いから斬りかかってきたのを奪った剣で弾き返す。が、すぐ体勢を立て直して斬り込んできた。

新吾は素早く踏み込んで相手の脇をすり抜けた。峰を返した剣で相手の胴を叩いた。

うめき声を上げて侍はうずくまった。

編笠の侍が静かに近づいてきた。

「おまえは何者だ」

新吾は声をかける。

「今日で三度目だ。一度目は深川の万年橋で石を投げつけられた。二度目は新シ橋で擦れ違った。いや、それだけではない。もっと以前にも会ったことがあるような気がする」

「……」

相手は無言で剣を抜き、腕を突き出すようにして正眼《せいがん》に構えた。そして、徐々に間合を詰めてきた。

新吾は左足を前に後ろ足を下げ、下段に構えた剣をさらに後方に引いた。相手の動きが止まった。

「なぜ、私を襲う?」

新吾は声をかけた。

「どうして、私がここにいることを知ったのだ?」

返事はない。

「なぜ、答えぬ」

再び、相手が動きだした。新吾は相手の攻撃を待った。さらに間合が詰まった。斬り合いの間に入る直前で、またも相手は動きを止めた。

思わず、新吾は足が動きかけた。相手は誘っているのだ。こちらから仕掛けさせようとしている。

「お望みとあらば」

新吾は正眼に構えを直した。その刹那、相手が猛然と斬りかかってきた。新吾も踏み込んだ。剣と剣が激しくぶち当たった。両者は体勢を入れ換えるようにして離れ、再びお互いに斬りつけた。剣はまたも激しく当たって火花を散らせたが、再び体勢を入れ換えながら、両者は離れた。

そのとき、地を蹴る足音とともに剣を構えた黒い影が浜町堀のほうから走ってきて橋を渡った。

そして、編笠の侍に斬りつけた。編笠の侍は振り向きざまに剣を払い、堀のほうに逃げた。

新吾は編笠の侍の前にまわった。

「逃がさぬ」

新吾は剣を構えた。編笠の侍は足を止めた。背後から饅頭笠に裁っ着け袴の侍が迫った。編笠の侍は新吾を斬りつけ、その隙をついて堀に向かった。

堀端で立ち止まり、振り返った。

「その編笠をとってもらおう」

饅頭笠の侍が迫る。間宮林蔵だ。

新吾も編笠の侍に近づき、

「ふたりを相手に、これ以上は無理だ。剣を収めるのだ」

と、諭すように言う。

編笠の侍は落ち着いた様子で素直に剣を鞘《さや》に収めた。新吾はふと微かな不安を覚えた。相手に追い詰められたという切羽詰まったものはない。

いきなり、編笠の侍が堀に向かって跳躍した。あっと叫び、新吾は堀端に駆けつけた。編笠の侍は船に乗っていた。

「しまった」

林蔵が叫んだ。

船は大川に出て、下流に向かった。

新吾は川沿いを走って船の行方を追おうとしたが、

「無駄だ」

と、林蔵が止めた。

新吾は辺りを見回し、覆面の侍を捜した。しかし、すでに逃げたあとだった。

「何者だ？」

林蔵がきいた。

「わかりません。ただ、松江藩の者とつながっているはずです」

「なぜ、そう思うのだ？」

「私がこの場所にいるのを知っているのは松江藩の世羅紋三郎さましかいません。世羅さまが私の居場所を奴らに……」

紋三郎を信じはじめたばかりだったのにと、新吾が無念そうに言った。

「世羅紋三郎とは？」

「上屋敷から長持を運んだ一行に付き添っていた侍です。殺された清助が強請った相手だと思います」

「そうか」

「それから私はきょうで三度襲われました。二度目は編笠の侍と擦れ違っただけでことなくて済みましたが、一度目ときょうの三度目は手下の賊は違っていましたが、編笠の侍はいつもいました」

「いずれにしろ、世羅紋三郎と編笠の侍はつながっているのだ」

「はい。それより間宮さまはどうしてここに？」

「そなたの家に行った。そうしたら薬研堀で五つにひとに会うと聞いた。妙に思ってな」

「そうでしたか」

「それにしても、編笠の侍を取り逃がしたのは残念だ」

「でも、世羅紋三郎さまはもはや言い逃れは出来ません。必ず、きき出してみせます」

「うむ」

「間宮さま。私に何か用では？」

「ちょっと気になったことがあってな」

「なんでしょうか」

「そなたは呉服問屋の『三室屋』に出入りをしているな」

「どうしてそのことを？　私のあとをつけたのですね」

新吾は憤然と言う。

「つけたわけではない。たまたま見かけたのだ」

「そんな偶然がありますか」

「わしは『三室屋』のことを調べていた」

「『三室屋』のことを？」

「与助が最後に連絡を寄越したのは遺体が見つかる十日ほどの前のことだ。秘密の連絡場所にしていた祠《ほこら》の中に与助は文を残していた。そこにはたいした動きは記されていなかったが、最後に『三室屋』と老中板野美濃守の関係を、と書いてあった。つながりを調べてくれということだ」

「『三室屋』と美濃守さまですか」

「『三室屋』が松江藩に出入りをするようになったのは半年前のことだ。『三室屋』はいくつかの大名屋敷にも出入りをしている。美濃守さまのお屋敷もそのひとつだ」

林蔵は続ける。

「当時はそこまで深く調べなかったが、今改めて与助がなにを言いたかったのかを考えた。美濃守といえば、二回も松江藩の抜け荷の摘発を中止させた人物だ。しかも、抜け荷に実際に関わっていた『西国屋《さいごくや》』の主人が五千両をもって老中屋敷を訪れた。これによって、抜け荷騒ぎが明るみに出ることはなくなった。だが、抜け荷の件で江戸の奉行所が動いていた形跡はなかったのだ」

「……」

「どうも、美濃守にからくりがあるようだ。それで、改めて『三室屋』を調べてみた」

「何か繋がりがあったのですか」

「岩田羽左衛門《はざえもん》という美濃守の用人が『三室屋』に出入りをしている」

「岩田……」

林蔵は鋭い目を向け、

「そうだ。それも人目を忍ぶようにな。つまり、『三室屋』の藤兵衛と美濃守は出入りの商人という間柄だけではない。もっと深い繋がりがあるのではないか。そこで、ある疑惑が浮かぶ」

「なんでしょうか」

「五年前、大坂町奉行所による松江藩の抜け荷の探索を美濃守は中止させた。ふつうなら、それから松江藩は抜け荷から手を引くはずだ。事実、しばらくは抜け荷をやめていた。だが、ほとぼりが冷めてから、松江藩は再び抜け荷をはじめた。莫大な利益を捨てきれなかったのだろう。美濃守はこのことを知って、今回の強請を思いついたのだ。美濃守の手の者が、松江藩の御家騒動で死に追い込まれた国家老の家来戸川源太郎の名を騙《かた》って松江藩を強請る。そして、美濃守が乗り出してことを収める。謝礼金の五千両が狙いだ」

新吾はやはり林蔵も真相に気づいていたのだと思った。

「問題は、松江藩が抜け荷をはじめたことをどうやって美濃守が知ったかだ」

あっと、新吾は叫んだ。

「『三室屋』の藤兵衛と年寄の向川主水介」

「そうだ。向川主水介は藤兵衛に金をつかまされて秘密をばらしたのだ。おきよと与助はそのことを摑んだのではないか」

「向川主水介は主家を裏切っていたと……」

「そういうことだ。もっとも、これは状況から見た俺の想像に過ぎない。だが、清助殺しもそなたが襲撃されたことも、それで説明がつく」

「もしや」

新吾ははっと気づいたことがあった。

新吾は一度だけ、偽の戸川源太郎の姿を見たことがあった。そのとき、戸川源太郎は頭巾をかぶっていた。それに、船の上だった。

しかし、その頭巾をかぶった侍と執拗《しつよう》に襲ってくる編笠の侍の体つきは似ていた。

新吾はそのことを林蔵に話した。

「間違いない。奴は美濃守に雇われた者だ。だが、残念ながら、証がない」

「世羅紋三郎がいます。明日、紋三郎と会ってみます」

新吾は気負って言った。


翌朝、新吾は松江藩上屋敷の門をはいった。勘平を先に詰所に行かせ、世羅紋三郎の住む表長屋に急いだ。

長屋の紋三郎の家から三人の侍が出てきた。暗い顔をしている。新吾は胸騒ぎがして、侍のひとりに声をかけた。

「何かございましたか」

侍は立ち止まった。

「世羅紋三郎が死んだ」

「えっ、どうして？」

新吾は耳を疑った。

「昨夜、神田川の新シ橋の近くで斬られて死んでいたのをたまたま朋輩が見つけたのだ」

「斬った相手は？」

「わからない」

「奉行所には？」

「いや、まだだ」

新吾は会釈をし、紋三郎の家の土間に入った。

横の部屋に顔を白い布で覆われた長身の男が仰向けに寝ていた。枕元には逆さ屛《びよう》風《ぶ》が置かれ、線香が煙を上げていた。

「失礼します」

付き添っていた中間ふうの男に声をかけ、新吾は合掌してから白い布をめくった。

そこに紋三郎の顔があった。

「世羅さま」

新吾は思わず声をかけた。

「あなたは約束通り、薬研堀に来るつもりだったのですね」

その途中で、紋三郎は斬られたのだ。傷をみると、左肩からの袈裟懸けだ。清助を斬った下手人と同じ人物に違いない。

「世羅さまは刀を抜いていなかったようです」

中間が口にした。

「抜いてない？」

誰かと諍《いさか》いの末に斬られたのではない。不意をつかれたのだ。顔見知りの相手に違いない。編笠の侍の姿が脳裏を掠めた。

新吾に何かを伝えようとしたために口封じをされたのだ。きっとこの仇は討ちます。新吾は亡骸に向かって誓った。

第四章　秘密

一

新吾は紋三郎の長屋から家老屋敷に行った。

出仕の支度を終えた宇部治兵衛と内庭に面した部屋で向かい合った。

「世羅紋三郎さまが昨夜、新シ橋の近くで斬られました」

新吾はさっそく切りだした。

治兵衛は顔をしかめ、

「酔っぱらって、諍いになったのであろう」

と、紋三郎を非難した。

「いえ、違います。世羅さまは刀を抜いていなかったそうです。不意をつかれたのです。相手は顔見知りです」

「……」

「じつは、昨夜の五つに、薬研堀の元柳橋の袂で世羅さまと会うことになっていました。世羅さまはそこに向かう途中で殺されたのです」

「なぜ、そなたと？」

「世羅さまは何かを話してくれることになっていたんです。長持の亡骸の件、それを神田川まで運び、清助に見られていて強請られた。それらのことを話してくれる矢先でした」

「世羅紋三郎がそなたとそのような約束をしたという証はあるのか。そなたの言い分だけだ」

「そのあと、私も襲われました」

「なに」

治兵衛は目を見開いた。

「襲われたのは三度です」

「ばかな」

治兵衛は吐き捨ててから、

「そなたの話は突飛すぎる」

「事実を申し上げています。私はあくまでも清助を殺した下手人が知りたいだけなのです。それなのに、なぜ私が狙われるのでしょうか」

「そなたが誰かに恨みを買ったのではないか」

「いえ」

新吾は首を横に振ってから、

「ご家老。先の抜け荷の件ですが」

と、口にした。

「済んだことだ」

「黒幕は老中の板野美濃守さまでした。美濃守さまはまんまと松江藩から五千両を奪ったのです」

新吾は前のめりになって、

「松江藩は五年前に美濃守さまに頼んで大坂町奉行所の探索を中止させた。このことがあって、松江藩は抜け荷をやめた。しかし、いつの間にか、抜け荷を再開していた。おそらく松江藩はさらに用心深く、抜け荷をやっていたのではないでしょうか。それなのに、美濃守さまはどうして抜け荷のことを知ったのでしょうか」

「……」

治兵衛の眉がぴくりと動いた。

「美濃守さまに通じているお方が松江藩にいるからです」

「言葉を慎め」

治兵衛が語気を強めた。

「いえ、新たな犠牲者が出たとなれば、私も遠慮しているわけにはいきません。お抱え医師の分際で出すぎた真似をするなというお叱りは覚悟の上で申し上げます。奥女中のおきよと中間の与助は公儀隠密間宮林蔵さまの間者なのです」

治兵衛は眉根を寄せて口を開きかけたが、言葉にならない。やはり、林蔵が放った間者だということに気づいていたようだ。

「おきよさんは与助さんから頼まれ、嘉明公と高見左近さまとの話を盗み聞きした。そのことから、間者であることを疑われ、向川さまに拷問を受けた……」

「そなたは、殿と高見左近がどんな話をしたと思っているのだ」

「向川さまに関することだと」

「だから、どんなことだ？」

「向川さまが美濃守さまに抜け荷のことを告げたということかと思います」

「宇津木新吾」

治兵衛は口元に冷笑を浮かべ、

「よいか。おきよと与助は奉公人同士で情を通じたから折檻され、別れないと逆らったので、当屋敷から追い出したのだ。その結果、ふたりは心中した。それだけのことだ」

「では、長持の件は？」

「長持を運んだことはあったが、亡骸が入っていたなどあるはずがない。その証があるのか」

「世羅さまでした。世羅さまが長持の一行に付き添っていたのです」

「だが、もういない」

「……」

治兵衛は向川主水介と『三室屋』の藤兵衛との関係を知っているのだろうか。しかし、これ以上何を言っても無駄だと悟った。

所詮、治兵衛は向川主水介をかばおうとしているのだ。

「仰るとおり、世羅さまがいなくなった今、真実を語ってくれる者はおりません。失礼いたしました」

新吾は一礼して腰を上げた。

「待て、新吾」

治兵衛は呼び止めた。

「なにか」

「座れ」

「はい」

再び、新吾は腰を下ろした。

「そなたは間宮林蔵の手先になっているのか」

「いえ、違います。私は決して間宮さまのために力を尽くしているわけではありません。ただ、おきよさんと与助さんは間宮さまの間者だと知らされて……」

「ふたりが間者かどうかは関係なく、奉公人同士で情を通じたことが問題となったのだ。そのことを忘れるな」

「……」

「これ以上、嗅ぎ回るのはよすのだ」

「ご家老さま。私は昨夜、薬研堀で世羅さまを待っているときに編笠の侍に襲われました。これで三度目です。その編笠の侍こそ、先の抜け荷の件で一万両もの強請をかけてきた偽の戸川源太郎です」

「戸川源太郎……」

「清助さんを殺し、世羅さまを斬ったのもその男です。今後も、私を襲ってくるでしょう。私は受けて立つつもりです」

新吾は治兵衛の目を見つめた。松江藩のお抱え医師を辞める覚悟は出来ていると暗に告げていた。

その日の夕方、新吾は幻宗の施療院に顔を出した。まだ、幻宗は患者の療治に当たっている。

新吾は養生部屋に行き、おせんを見舞った。

「お加減はいかがですか」

「ぐっすり眠ることが出来ました。なんだか気持ちが穏やかになって……」

「それはよかった。ここに来るとき、大八車に揺られて体が痛くなりませんでしたか」

「それが、大八車を曳いてくれたお方がとても丁寧でしたので揺れることもありませんでした」

「そうですか」

大八車を曳いたのが勘太郎だとは想像もしていないようだ。

「他のことは何も考えず、体を治すことだけに専心してください」

「はい。でも」

おせんは言い淀んだ。

「なんですか」

「ほんとうにいいんでしょうか」

「もちろんです」

「これも清助さんのおかげです。清助さんが私のために尽くしてくれて。そのおかげで宇津木先生に出会えて」

「あなたの力になろうとしているひとは他にもいますよ」

「ええ。幻宗先生にも感謝しています」

「そうですね」

勘太郎の名はあえて出さなかった。

「それでは、また参ります」

新吾はおせんの病床を離れた。

ちょうど、幻宗の療治が終わったところだった。

新吾が濡縁で待っていると、幻宗がやって来ていつもの場所に座る。新吾も傍らに腰を下ろした。

おしんが湯呑みに注いだ酒を持ってきた。

「おせんさん、ずいぶん元気そうで」

幻宗が一口するのを待って、新吾は言う。

「うむ。安心したようだ」

「よかった」

新吾は安堵《あんど》のため息をもらしたが、すぐ表情を引き締め、

「じつは昨夜、世羅紋三郎さまが斬られました。夜五つに薬研堀で待ち合わせていたのですが、来る途中に襲われたようです。やって来たのは編笠の侍で、私に襲いかかりました」

と、そのときの話をし、さらに続けた。

「間宮さまが駆けつけてくれ、ふたりで堀際まで追い詰めたのですが、船で逃げられてしまいました。でも、その編笠の侍が偽の戸川源太郎だと……」

「新吾」

幻宗は新吾の話を制し、

「わしにそんな話を聞かせても仕方ない」

と、突き放すように言う。

「はあ」

「もともと、わしはそなたがそのようなことに首を突っ込むのは反対だった。おそらく、もはや敵はそなたを斃《たお》すまで執拗に襲ってこよう」

「覚悟の上です」

実際は、それを望んでいるところがある。編笠の侍をこちらが捕まえることで、真相に迫れるのだ。

「なぜ、津久井どのに任せないのだ」

「奉行所の者は松江藩の内実に迫れません。老中が絡んでいるとなれば、なおさら手出しが出来ません。なにしろ、確たる証がないことですし」

「だからといって、そなたがやらねばならぬこともあるまい」

「……」

新吾は押し黙った。

幻宗は湯呑みを何度か口に運んでから、

「偽の戸川源太郎がそなたを斃そうとしているのはなぜだ？」

と、ふいにきいた。

「それは向川主水介さまが『三室屋』の藤兵衛を介して抜け荷の事実を美濃守さまに伝え、そのことで美濃守さまの悪巧みが……」

「その事実を知られて、誰が困るのだ？」

「それは向川主水介さまです。だから、間宮さまの間者のおきよさんと与助さんを捕まえたのです」

「しかし、抜け荷の件は松江藩が美濃守に五千両を払って済んだことではないか。今さら、その事実が間宮どのに知れたところで、間宮どのに何が出来るというのか」

幻宗はさらに続けた。

「ましてや、美濃守の手の者がそなたを襲うというのもおかしな話ではないか。過ぎ去ったことで、そんなに躍起になる必要はないはずだ」

幻宗の指摘が胸を激しく叩いた。

向川主水介が藤兵衛を介して抜け荷の事実を美濃守に告げたことが明らかになったとしても、過去のことだ。幻宗が言うように躍起になって守らねばならない秘密でもない。

第一、おきよが嘉明公と高見左近の話を盗み聞きしたというが、ふたりが過ぎ去ったことを蒸し返して話したのだろうか。おきよはそのような話を期待して盗み聞きという危険な真似をしたのか。

向川主水介と藤兵衛のつながりだけが問題だとすれば、家老の宇部治兵衛はもっと新吾の話に耳を傾けてくれてもよさそうに思える。

「そうか」

新吾は思わず声を上げた。

「この過ぎ去ったことではないというわけですね」

「そうだろう。今も続いているから美濃守の手の者が動いて新吾を除けようとしているのだ」

「先生、ありがとうございました」

新吾は勇躍して引き上げようとした。

「待て。また、待ち伏せているかもしれぬ」

「望むところです。出迎えて、今度こそ相手の正体を摑んでみせます」

「そなたもわしに似てそうとうな強情者だ」

幻宗は苦笑した。

「恐れ入ります」

新吾は頭を下げて立ち上がった。

新吾は小名木川にかかる高橋を渡った。つけられている気配はない。大川のほうに向かう。

どこかで待ち伏せているかもしれない。月影がさやかで、辺りは明るい。しかし、月明かりの射さないところは漆黒《しっこく》の闇だ。路地や樹の陰などにひとの気配は感じられない。

新吾は佐賀町を抜けて、永代橋の袂にやって来た。夜鳴きそば屋の屋台が出ていて、客がそばを食べている。

新吾が橋に足をかけたとき、屋台の客が出てくるのが目の端に入った。遊び人ふうの男だ。

その男も永代橋を渡ってくる。新吾は橋の真ん中辺りで足を早めた。すると、背後の男も早足になった。

編笠の侍の仲間か。しかし、編笠の侍ならわざわざこのような回りくどい真似をするとは思えないが。

橋を渡り、小網町を経て、思案《しあん》橋を越えて小舟町の家に帰ってきた。

途中までつけてきた男は姿を消していた。偶然に帰り道がいっしょだっただけか。

新吾は家に入った。

香保が迎えに出た。自分の部屋に行く途中、居間の前を通ると、順庵は相変わらず上機嫌で酒を呑んでいた。

新吾は胸が痛んだ。もしかしたら、お抱え医師を辞めさせられるかもしれない。肩書のない身分になったら、富裕な患者は手のひら返しをするだろう。そのときの順庵の顔が想像出来る。

順庵だけではない。漠泉の表御番医師への復帰の道も閉ざされるかもしれない。漠泉はその気がないと言っているが……。

「何かありましたか」

香保がきいた。

「いや、なんでもない」

そう言い、自分の部屋に入った。着替えながら、やはり名誉や栄達より、大事なものがあるのだと、新吾は自分に言い聞かせていた。

二

翌日の昼過ぎ、新吾は池之端仲町の『三室屋』に行き、藤兵衛と客間で会った。

「私に頼みとはなんでしょうか」

藤兵衛は切れ長の目に鼻筋が通った顔を向けた。口元には穏やかな笑みが浮かんでいる。宇部治兵衛、あるいは向川主水介から新吾のことを聞いているはずだ。だが、そのようなことはおくびにもださず、悠然と向き合っている。

「その前にちょっと確かめたいのですが、三室屋さんが松江藩に出入りをするようになったのはいつごろからなのですか」

新吾は静かに切りだす。

「半年ほど前です」

「どういうご縁で？」

「前々から出入りを望んでいましてね。それで、たまたま向川主水介さまにお会いする機会に恵まれ、近くにある料理屋にお招きをしましてね。ようやく、半年前から出入りを許されたのです」

「それでは、松江藩では向川さまともっとも親しいのでいらっしゃいますか」

「そうですね」

「ご家老の宇部さまとは？」

「何度かお会いいたしましたが、まだそれほど親しくさせていただけません」

「なぜですか」

新吾は疑問をぶつける。

「なぜと申しましても……。まだ、半年ぐらいでは、御用達として一人前とは認められないのでしょう」

「これほどの大店なのにですか」

「長い歳月で信用というものが……」

「老中板野美濃守さまのご威光を以《もっ》てしてもですか」

新吾は踏み込んできく。

「……」

藤兵衛の顔色が変わった。

「美濃守さまのお屋敷には商人として出入りをしているだけですので」

用人が出入りをしていることは喉元で押し返し、

「三月ほど前、松江藩で抜け荷騒ぎがあったのですが、ご存じでいらっしゃいますか」

と、きいた。

「詳しくは聞いていません」

「抜け荷の件で、松江藩が強請られたことはお聞きでしょうか」

「薄々です」

「どなたからお聞きに？」

「向川さまです」

「どう始末がついたかはお聞きになりましたか」

「いえ、向川さまもあまり詳しくはお話しになりませんでした」

藤兵衛の目つきが険しくなって、

「宇津木先生、いったいどのようなことで？」

と、きいた。

「松江藩の世羅紋三郎さまが何者かに斬られて亡くなりました。世羅さまはあることで私に何かを伝えようとしたのです」

「お待ちください。私とは無縁の話のようですが」

「世羅さまを斬った下手人はそのあとで私も襲ってきました。編笠をかぶった侍です。抜け荷の件で、松江藩が強請られたときに、戸川源太郎と名乗って暗躍していた者こそ、編笠の侍です。そして、この侍は美濃守さまの手の者だと私は思っています」

「……」

「それで、三室屋さんに頼みとは、美濃守さまに会わせていただけないかと思いまして。三室屋さんは美濃守さまと親しいようなので、お願いに上がりました」

「私にそのような力はありません」

「美濃守さまとお会いするのが無理なら、用人の岩田羽左衛門さまでもよいのですが」

藤兵衛の目が鈍く光った。

「どうして、岩田さまのことを？」

「先日、お邪魔したとき、岩田さまという来客がありました。美濃守さまの用人が岩田という名と知りました」

「それだけで……」

ふと、藤兵衛は口元に笑みを湛えた。

「わかりました。どういうご用件かわかりませんが、岩田さまに話を通しておきましょう。おって場所などはお知らせいたします」

「ありがとうございます」

新吾は礼を述べたあと、

「ちょっと、下男の勘太郎さんにお会いしていきたいのですが」

と、頼んだ。

「どうぞ。そうそう、勘太郎は下男を辞めることになりました」

「辞める？」

「はい。辞めさせてもらいたいとの申し出がありましてね。いちおう、次の下男が見つかるまではうちで働いてもらいますが」

「そうでしたか」

新吾は部屋を出て、庭にまわった。

薪を割っていた勘太郎が新吾に気づいて手を止めた。

斧を置いて近寄ってきた。

「宇津木先生」

片肌を脱いでいたのを袖を通して、

「いろいろありがとうございました」

と、頭を下げた。

「大八車を曳いていたのがあなただと、おせんさんは気づかなかったようですね」

「ええ。頬被りをしていましたが、なるたけ顔を向けないようにしていましたので」

「ここをお辞めになると伺いましたが」

「はい。出来るだけおせんの近くにいてやりたいので、幻宗先生の施療院の近くで仕事を見つけようと思いまして。おせんのあんな姿を見たら胸が締めつけられてたまりません。少しでもおせんのためになることをしてやりたいのです」

「そうですね、近くで見守ってあげるほうがいいでしょうね。しかし、まだ名乗らないほうがいいかと思います」

「はい。回復するまで待ちます」

「おせんさんもいつかあなたの気持ちがわかるようになります」

「はい」

「では、今度は幻宗先生のところでお会いいたしましょう」

新吾はそう言い、勘太郎と別れた。

御成《おなり》街道から神田川に近づいたとき、新吾は背後を気にした。下谷広小路に入ったときからつけられているようだった。

新吾は筋違橋を渡り、柳原の土手を進んだ。柳森神社の前に差しかかった。新吾は鳥居をくぐる。そのとき、さりげなく来た道に目を向ける。遊び人ふうの男がやって来る。

新吾は境内に入った。やがて、男は鳥居の前を行き過ぎた。

間を置いて、新吾は鳥居を出た。気づかれたと思って、尾行をやめたのか。新吾は気を取り直して大川のほうに向かった。

さきほどの男の姿は見えない。土手を下ったか。

新吾は和泉橋の袂を過ぎてから土手を下り、小舟町に向かった。

途中、津久井半兵衛の一行に出会った。岡っ引きの升吉が髭面《ひげづら》の浪人の縄尻をとっていた。

「津久井さま。そのひとは？」

新吾は浪人のことをきいた。

「清助殺しの下手人です」

「なんですって」

「先に」

半兵衛は升吉に言ってから、新吾に顔を向けた。

「じつは今になって、清助らしき男が浪人と揉めているのを見たという男が現れたのです」

「どこの誰ですか」

「深川の冬木町《ふゆきちょう》に住む三吉《さんきち》という男です。千住宿《せんじゅ》に遊びに行く途中、浅草御門の手前でもめている男と浪人を見た。三吉はそのまま浅草御門を抜けて千住に向かったそうです。それきり、そのことは忘れていたが、今になって柳原の土手下で殺しがあったことを知り、あのときの男だったのではないかと名乗り出たというのです」

「その浪人が今のひとですか」

「ええ、髭面で目が大きかったと。それで、三吉に会わせたら、似ているというので、これから大番屋で事情を聞くところです」

「三吉というのはどんな男ですか」

「日傭取《ひようと》りです。念のために調べたら、殺しのあった日に千住宿の飯盛女のところに行っていました。冬木町に住んでいますから、新大橋《しんおおはし》を渡り、薬研堀から浅草御門をくぐる道順からして、嘘をついているようには思えません」

「三吉は今どこに？」

「もう、引き上げました」

新吾は困惑した。

清助を殺した下手人を捜している新吾を諦めさせようと、何者かが偽りを訴えて出たのではないかという疑いは消えない。

「三吉さんはほんとうのことを話しているのでしょうか」

「いちおうは筋が通っています」

「しかし、なぜ今になって」

新吾は不可解だった。

「今まで、事件を知らなかったそうです」

「あの髭面の浪人はなんと言っているのですか」

「違うと言っています。誰も最初は否定しますからね。しかし、浪人の住まいは浜町堀。あの日も千住宿に行っています。清助を殺し、金を奪った。その金で千住宿で遊んだのでしょう」

「そうですか」

無理もないと思った。半兵衛は長持の件を知らないのだ。松江藩との関わりに気づいていないのだから、三吉の訴えを信じるのも無理はないようだ。

「三吉の住まいは冬木町ですか」

「ええ。甚右衛門店《じんえもんだな》です」

これから髭面の浪人を大番屋で取り調べるという半兵衛と別れ、新吾は小舟町の家に帰った。

通い患者の診療を手伝い、夜になって患者が皆引き上げたあと、新吾に客があった。

出て行くと、土間に中間ふうの男が立っていた。はじめて見る顔だ。

「宇津木新吾さまですね。岩田羽左衛門さまからの使いで参りました。明日の夜、神田明神の参道にある『晴香亭《せいこう》』という料理屋に来ていただきたいとのことです」

「神田明神参道の『晴香亭』ですね」

新吾は確かめる。

「はい。『三室屋』の旦那は同席しないとのことです」

「わかりました」

藤兵衛はすぐに用人と連絡をとったようだ。

「では、確かに」

使いの中間は引き上げて行った。

香保がやって来て、

「どなたですか」

と、心配そうにきいた。

「どうしてだ？」

「今のひとの目つき、油断なさそうな感じで」

「心配いらないよ」

新吾は微笑《ほほえ》んで言ったが、新吾も今の男の目つきが気になっていた。


翌日の夜、新吾は神田明神に向かった。

参道に『晴香亭』という料理屋の軒行灯が輝いていた。新吾は門を入った。

岩田羽左衛門の名を出すと、女将《おかみ》はすぐに新吾を一階奥の座敷に案内した。

床の間を背に、細身の四十年配の武士が若い女中を相手に酒を呑んでいた。

「失礼いたします」

新吾は跪《ひざまず》いて、

「宇津木新吾と申します」

と、挨拶をした。

「堅苦しい挨拶は抜きだ。まずは一杯やるがよい」

新吾の前に酒膳が運ばれてきた。

「どうぞ」

女将が酌をした。

「いただきます」

新吾はいっきに呷《あお》ってから、すぐ猪口《ちょこ》を伏せて置いた。

「もういいのか」

羽左衛門が呟き、女将に目顔で何か言った。

女将は頷き、女中を伴い、部屋を出て行った。

「三室屋から聞いた。話があるそうだな」

「はい」

「聞こう」

「はっ。先日、松江藩の世羅紋三郎さまが何者かに斬られ、その直後、私も編笠の侍に襲われました。その編笠の侍こそ、先の松江藩の抜け荷のことで強請を働いた男です。戸川源太郎と名乗っていましたが、実の名は違います」

「……」

「また強請は偽装で、松江藩が老中の美濃守さまに助けを求めるように仕向けるための企みでした」

「宇津木新吾、そなたはやはり大きな勘違いをしているようだ」

羽左衛門は冷笑を浮かべ、

「そなたがどう考えようといいが、証のないことをいくら言い張っても何の足しにもなるまい」

「仰る通りです。私は美濃守さまが黒幕ではないかと見ていますが、その証はありません。それに、松江藩の家老宇部治兵衛さまにも申し上げましたが、私にはそのことを追及する力もなければ、そのつもりもありません。ただ、私は事件に巻き込まれて殺された者の無念を晴らしたいだけです。今回でいえば、棒手振りの清助、松江藩の世羅紋三郎。斬ったのは、強請事件のときに戸川源太郎の名を騙り、中心となって暗躍した編笠の侍です」

「そなたは今回の事件をどう見ているのだ？」

「最前も申しましたように、当たっていようが外れていようが私の想像など何の意味もありません。私は医師であり、そのことを追及する立場にありません」

「ならば、なぜ、わしに会おうとしたのだ？」

「私を襲った編笠の侍が狙いです」

「……」

「ご用人さまにお会いすることは当然、編笠の侍も知るところになるでしょう。ここの帰り、必ず現れると思っています」

「襲われることを承知で、わしに会ったと言うのか」

「はい。今度こそ、編笠の侍を捕らえ、誰に頼まれたかを白状させたいと思っていますが、あの者は口を割らないでしょう。私がいくら頑張っても、編笠の侍の背後の人物には迫れません」

「そなたは背後にいるのがわしか美濃守さまだと思っているのであろう」

「間にどなたかがいるかもしれませんが、行き着くところはそうだろうと思っています。でも、あくまでも想像で、証はありません」

「そなた」

羽左衛門は厳しい顔つきになり、

「間宮林蔵とはどの程度の付き合いなのだ?」

「間宮さまは、五年前に松江藩の抜け荷を突き止め、大坂町奉行所に探索を命じたにも拘らず、美濃守さまの介入で探索が頓挫しました。でも、間宮さまはそれからも松江藩が抜け荷を続けていると見て、間者を送りこんでいたのです。その関係で、私に近づいてきました。私は間宮さまのために働くことはありません。ただ、間宮さまの言葉から、松江藩奥女中のおきよと中間の与助は間者だと思い、その目で見たらふたりの死は単なる奉公人の不義とは違うと思うようになりました」

「なるほど。逆に、そなたの考えが間宮林蔵に伝わることがあるのか」

「事実はお話ししています。奥女中のおきよが拷問を受けたらしいが、向川主水介さまは不義をした折檻だと言っていることなどは話しました」

「そうか」

羽左衛門は顔をしかめて頷く。

「ご用人さま。いずれにしろ、このままではすべて間宮さまの知るところになりましょう」

「すべてとは何だ?」

「奥女中のおきよと中間の与助が摑んだ秘密です」

「……」

「与助は『三室屋』の藤兵衛と向川主水介さまの様子にただならぬものを感じ取って、おきよに藩主嘉明公と近習番の話を盗み聞きさせたのです。そこを見つかり、間者ではないかと疑われたのだと思います」

新吾は息継ぎをし、

「ほんとうにおきよが秘密を聞いたかどうかわかりませんが、向川主水介さまは拷問にかけて仲間の名をきき出した。与助はこのままでは間宮さまの名を白状させられるという恐れから、おきよを殺し、自分も喉を掻き切って自害したのです。与助は間宮さまの忠実な配下だったようです」

新吾はしんみり言ったあとで、

「向川主水介さまは気性の荒いお方ではないそうです。そんなお方がおきよを拷問にかけて仲間の名をきき出そうとした。よほどの秘密だったのではないかと推察出来ます」

「……」

「その秘密とは何か。これも想像でしかありませんが、美濃守さまが三室屋藤兵衛を介して向川主水介さまに抜け荷の再開を持ち掛けたのではありませんか。向川さまはそのことをご家老や重臣たちに諮った」

新吾は羽左衛門の顔を見据えた。

「松江藩は強請の件でなんとか美濃守さまにお縋りをして探索を免れた。実際は美濃守さまの企みだったのでしょうが、松江藩は抜け荷からきっぱり手を引いたのです。

ですが、美濃守さまの誘いに乗った……」

「噴飯物《ふんぱんもの》だ」

羽左衛門は冷やかに言う。

「そうでしょうか。美濃守さまは松江藩の抜け荷の利益から分け前を、松江藩にとっても抜け荷の利益が再び手に入る。美濃守さまが背後にいれば、いざというときも安心です。ところが、このことが間宮さまの耳に入ったらどうなるか。おきよが間者だと気づいたときの向川さまの狼狽が手にとるようにわかります」

新吾は膝を進め、

「このまま続けては、いずれ間宮さまの知るところになりましょう。そうなったら、今度こそ、取り返しのつかないことになりましょう」

「……」

「抜け荷の件は中止することこそ最善だと思われます。どうか、そのように」

新吾は懇願した。

羽左衛門は憤然と厳しい目を虚空に向けていた。

三

神田明神の参道から明神下を経て神田川に出た。背後にひとの気配がした。

ひんやりした風を受けて、新吾は昌平橋に近づいた。すぐ近づいてきた男がいた。

勘平だ。

「新吾さま。だいじょうぶでしょうか」

木刀《ぼくとう》を持った勘平が不安そうにきいた。

「心配ない」

新吾は木刀を受け取り、

「よいか、まっすぐ帰るのだ」

「はい」

勘平は橋を渡らず、川沿いを下流のほうに進んだ。

編笠の侍を相手に素手では闘えない。木刀の握りを確かめてから、新吾は昌平橋を渡った。

人通りはほとんどない。雲間から月が顔を出すと、闇に包まれていた八辻《やつじ》ヶ原《はら》が明るくなった。

柳原通りに入ると、背後に浪人ふうの侍が三人ついてきた。

新吾はわざと土手のほうに向かった。今夜こそ、偽の戸川源太郎を捕まえる最後の機会だと自分に言い聞かせた。

背後の浪人が足早になった。

新吾は三人が近づくのを待った。振り向くと、三人が指呼《しこ》の間に迫った。三人は黒い布で頬被りをしていた。

「この前の侍とは違うようだな、おまえたちも金で雇われたのか」

新吾は侮蔑したように言うと、三人はいっせいに剣を抜いた。

「誰に頼まれた？」

新吾は木刀を右手で下げたまま訊いた。

「誰でもいい」

そう言うや否や、ひとりが上段から斬りつけてきた。新吾は木刀でその剣を払った。

相手は微かによろめいた。

「おのれ」

再び、気勢を上げながら突進してきた。

新吾は体をかわしながら、相手の小手に木刀を激しく打ちつけた。骨が砕けるような鈍い音がし、賊は悲鳴を上げた。

「早く、手当てをしないと、その腕は使い物にならなくなる」

新吾は威した。

「下谷長者町に伊東玄朴という名医がいる。そこで手当てを受けるのだ」

浪人は手拭いを手首に巻いた。苦痛に顔を歪めている。

あとのふたりは切っ先を新吾に向けたまま及び腰になっている。

「誰に頼まれた？」

新吾は木刀を突き付けた。

そのとき、突然押し殺した声がした。

「宇津木新吾。木刀を捨てるのだ」

土手のほうから声がした。

顔を向けると、暗がりから編笠の侍が若い男の首筋に刃を当てながら出てきた。

新吾はあっと声を上げた。

「勘平」

「新吾さま、申し訳ありません」

勘平はすまなそうに言う。

「木刀をこっちに放れ」

編笠の侍が言う。

新吾が迷っていると、勘平の悲鳴が上がった。

「待て」

新吾は叫び、木刀を放った。

頬被りをした浪人のひとりが木刀を拾った。

「その者を放せ」

新吾は強く言う。

「まだだ」

編笠の侍は無気味に笑い、

「おまえを斃してからだ。それ」

編笠の侍は浪人たちをけしかけた。

「待て」

新吾は鋭く言い、

「その前に聞かせてもらいたい。あなたは偽の戸川源太郎ですね」

「そうだ。そなたとは駒形堂で船の上から向き合った」

「名は？」

「冥土の土産に教えよう。鹿島銀次郎《かしまぎんじろう》だ」

「美濃守さまの家来ですか」

「陰のな」

「先の抜け荷事件では松江藩を強請り、利用した男たちを始末した。また、このたびは清助を殺し、さらに世羅紋三郎さまを斬った……」

「世羅紋三郎はそなたになにもかも喋ろうとしていた」

「誰からの依頼ですか」

「誰でもない」

「では、どうしてあの夜、世羅さまが薬研堀で私と会うことになっていたことを知り得たのですか」

「紋三郎から聞いた」

「そんなはずはありません。向川主水介さまですね」

紋三郎と夜に改めて会う約束をしたとき、誰かが様子を窺っていた。その者から向川主水介に伝わり、紋三郎は問いつめられたのではないか。

「違う。世羅紋三郎の様子がおかしいので見張っていた。そうしたら夜になって屋敷を抜け出した。それで、あとを追い、問いつめたのだ」

「それでしたら、何も斬る必要はなかったはずです」

「生かしておけば裏切ると思ったからな」

「棒手振りの清助を斬ったのもあなたですね」

「あれは髭面の浪人だ」

「語るに落ちるとはこのことです」

新吾は含み笑いをし、

「その話は最近になって日傭取りの三吉という男が同心に訴えたのです。あなたが知っているとは思えない。つまり、あなたが三吉を威してそのように言わせたのではありませんか」

「さあな」

「否定はしないのですね」

「もういいだろう。おい」

銀次郎が浪人に合図した。

先に、右腕を砕かれた浪人が痛みをこらえながら、左手に剣を持って近づいてきた。

「この腕の恨みを晴らす」

凄まじい形相《ぎようそう》で剣を振りかざした。

「早く手当てをするのだ」

新吾は叫ぶ。

「うるさい」

悲鳴のような声を上げて斬りかかってきた。新吾は軽く身をかわしただけで、相手は力なくよろけて倒れ込んだ。

残ったふたりの浪人に、

「仲間だったら、早く手当てをしてやるのだ。医者に連れていけ」

と、強く言う。

「おまえを殺《や》るのが先だ」

浪人が言い、斬り込んできた。しかし、素早く剣をかいくぐって相手の胸元に飛び込み、足払いをかけた。相手はじべたに背中から倒れ込んだ。

もうひとりが斬りつけようとしたとき、待てと銀次郎が叫んだ。

「この男を捕まえておけ」

勘平をその浪人に預け、銀次郎が新吾の前に立った。

「俺が引導を渡す、覚悟せよ。そなたが死ねば、あの者の命は助ける。万が一、俺がやられたら、あの者の命はない」

そう言い、銀次郎は剣を抜いた。

正眼に構え、銀次郎は間合を詰めた。素手で、新吾は対峙した。銀次郎は一太刀で斃そうとして慎重になっているのだ。

間合が詰まった。新吾は追い詰められた。目の端に、喉元に刃を突き付けられている勘平が見える。

が、そのとき、黒い影が走ってくるのに気づいた。次の瞬間、悲鳴が上がった。勘平に刃を突き付けている浪人が突き飛ばされた。

「何奴だ」

銀次郎が叫んだ。

黒い影は遊び人ふうの男だ。木刀を拾い上げ、勘平を守りながら近付いて新吾に手渡した。精悍な顔つきの男だ。

「あなたは……」

夜鳴きそば屋の客だった男だ。

新吾はすぐに銀次郎に木刀を持って向かった。

「形勢は逆転しました。覚悟してもらいましょう」

新吾は銀次郎に迫る。

「またしてもよけいな助っ人が……」

銀次郎は無念そうに言いながらあとずさる。

「ご用人の岩田羽左衛門さまにこれ以上のあがきはおやめくださいとお伝えくださ
い」

「宇津木新吾、そなたとは必ず決着をつける」

銀次郎はそう言い、素早く体の向きを変えた。

新吾は追おうとしたが、

「しっかり」

と、背後で男の声がした。

振り返ると、勘平がくずおれた。

「どうした？」

新吾は引き返した。

「私が追います」

助っ人に入った男が銀次郎を追った。

「勘平、だいじょうぶか」

新吾は勘平の肩を抱き起こした。肩から血が出ていた。浪人の刃が掠めたのだ。

「傷は浅い」

新吾は手拭いを巻いて止血した。

さきほどの男が戻ってきた。

「逃げられました。他の浪人たちも姿を消しました」

そう言ってから、

「だいじょうぶですか」

と、勘平を覗き込んだ。

「傷は深くありません」

新吾は答える。

「駕籠を呼んできましょう」

男は行きかけた。

「もう、だいじょうぶです」

勘平は声をかけて立ち上がり、

「歩けます」

と、痛みを堪えて言った。

「お礼が遅れて申し訳ありません」

新吾は改めて男に顔を向けた。

「あなたさまは？」

「名乗るほどのことではありません。では、あっしは」

「お待ちを」

新吾は呼び止め、

「間宮さまの？」

と、確かめた。

「いえ。では」

「違うのですか。あっ、もし」

男は去って行った。

間宮林蔵の手の者ではないのか。では、誰が……。

勘平を小舟町の家に連れて帰り、順庵に手当てを任せ、新吾は本材木町《ほんざいもく》三丁目と四丁目にある大番屋に向かった。

大番屋の戸を開けると、津久井半兵衛が出てきた。

「これは宇津木先生」

半兵衛は驚いたように顔を見た。

「あの浪人は？」

「まだ、罪を認めていません。もう一晩ここに泊めて、明日牢送りに」

「清助さんを殺したのはあの浪人ではありません」

「どういうことですか」

半兵衛が顔色を変えた。

「下手人は鹿島銀次郎という侍です。この銀次郎が三吉という男を使って下手人を捏造したのです」

「まさか」

「その浪人から話を聞きたいのですが」

「いいでしょう」

半兵衛は升吉に言い、奥の仮牢から髭面の浪人を連れてきて、土間に敷いた莚の上に座らせた。

新吾も膝をついて、

「ちょっとお伺いしたいのですが、あなたは鹿島銀次郎という侍を知っていますか」

「鹿島銀次郎？」

浪人は目を見開いた。

「知っている」

「どうしてですか」

「十日ほど前、口入れ屋を通して用心棒を頼まれた」

「用心棒？」

「金がよかった。それで約束の場所に行くと、四、五人の浪人がいた。そこに鹿島銀次郎という侍がいて腕試しといって、木刀で銀次郎と立ち会った。俺は選ばれなかった」

「選ばれた者がいたのですね」

「そのときはふたり選ばれた」

そのふたりが薬研堀で襲ってきた浪人かもしれない。

「三吉という男は知っているのですか」

「いや、知らぬ」

「あなたは千住宿には？」

「行ったことはある」

「そうですか」

新吾は頷いて立ち上がった。

「津久井さま。このお方は下手人ではありません」

「三吉が偽りを?」

「そうです。三吉は銀次郎の仲間かもしれません」

「銀次郎はなぜ、清助を?」

新吾は返答に詰まった。

「何かはわかりませんが、清助さんは銀次郎の秘密を握ってしまったのかもしれません。口封じのために殺したのだと思います」

「宇津木先生はどうして銀次郎のことを?」

「じつは、清助さんのことを調べていたら、何度か何者かに襲われたのです。そして、今夜も襲われました。私を斃せると安心したのか、自分の名を口にしました。どうやら、銀次郎は私が清助さんから秘密を聞いていると思い込んでいるようでした」

苦し紛れの説明を半兵衛がどこまで信じたかわからないが、新吾はさらに付け加えた。

「銀次郎といっしょに襲ってきた浪人のひとりの右手首を木刀で打ちつけました。下谷長者町の伊東玄朴どのの医院で手当てを受けているかもしれません。その浪人を捜し出せば、この方の話がほんとうだとわかるはずです」

「旦那」

升吉が厳しい顔で、

「宇津木先生の話に間違いなさそうですぜ。これから、医者を当たってみます。襲われた場所はどこですか」

「柳原通りです。あの怪我では遠くまで歩けそうもありません。あの近くの医者か、あるいは仲間が駕籠を呼んだか」

「わかった。ともかく、この男は解き放とう」

半兵衛は言い、

「それから三吉だ」

と、付け加えた。

縄を解かれた浪人は新吾に深々と頭を下げた。

「いえ」

新吾は首を横に振る。

思えば、清助殺しを新吾がどんどん追及していったので、銀次郎は世羅紋三郎を殺し、さらに急遽《きゆうきよ》、下手人を捏造する羽目になったのだ。そのために、この浪人が犠牲になったと思うと、複雑な思いがした。

四

翌朝、新吾は松江藩上屋敷に行くと、まっすぐ家老の宇部治兵衛の屋敷に向かった。

治兵衛は新吾が来ることを予期していたようで、すぐに内庭に面した部屋に通された。

すぐに、治兵衛がやって来た。

「朝早く、申し訳ありません」

「うむ」

治兵衛は難しい顔で頷く。

「昨日、『三室屋』の藤兵衛さんにお願いをし、板野家の用人岩田羽左衛門さまとお会いすることが出来ました」

「大胆なことを」

治兵衛は呟くように言う。

「ご家老。抜け荷にはもう手を出さないでください」

新吾は訴えた。

「そなたは、なぜそう思ったのだ?」

治兵衛が厳しい顔できいた。

「奥女中のおきよと中間の与助は間宮林蔵さまが放った間者だそうです。与助は美濃守さまと三室屋藤兵衛の密着ぶりに不審を抱き、間宮さまに関係を調べるよう連絡したそうです。その後、与助は向川さまの屋敷に忍び込み、話を盗み聞きしたのです。与助はおきよに嘉明公と高見左近さまの話を盗み聞きするように頼んだ。ところが、おきよは盗み聞きしていたところを見つかり、間者の疑いをもたれた。向川さまは抜け荷再開の話が間宮さまに漏れると焦り、おきよを拷問したのです」

新吾は息継ぎをして続ける。

「向川さまが何を焦ったのか。与助が盗み聞きした秘密はなにか。三室屋藤兵衛が美濃守さまと親しい間柄だということから、過ぎ去った話ではなく、現に進行しているか、これから行われることだろうと……」

治兵衛は口を真一文字に閉ざしている。

「美濃守さまのかつての悪巧みを知れば、今回も同じだろうと。つまり、松江藩に抜け荷を再開させ、その儲けの一部を懐に、その話を三室屋藤兵衛から向川さまに通し、向川さまがご家老、嘉明公への説得に走ったのではありますまいか」

「証となるものはあるのか」

「いえ」

「それでは、向川どのと三室屋藤兵衛がそれぞれ否定したら、それ以上は追及出来ぬではないか」

「はい。抜け荷を再開しようとしている段階でしょうから、何の証もありません。でも、間宮さまも今後は疑惑の目で見続けるはずです。抜け荷を再開したら、たちまち手が入りましょう。今度は美濃守さまも助けることは出来ません。自身も同罪になりましょうから」

「……」

「岩田羽左衛門さまも不利な状況になったことを悟られたようです。おそらく、抜け荷の件から手を引くのではないか思われます」

「新吾、心配しなくていい。松江藩は二度と抜け荷に手を出さぬ」

「ほんとうですか」

「間違いない」

「では、向川さまは？」

「前々から体の具合がよくなかった。隠居を勧めることになろう」

「隠居？　今回の騒ぎの責任をとってですか」

「いや、責任もなにもない。向川どのは奉公人の不義を正しただけだ。おきよと与助が情を通じたので屋敷から追い出した。それだけのことだ。ふたりが情死したのは当方と関係ないこと」

治兵衛はあくまでも奉公人の不義で押し通そうとしている。

「それでは、清助殺しと世羅紋三郎さまの死はどうなりましょうか。ふたりは鹿島銀次郎という者に斬られたのです。この男こそ、偽の戸川源太郎であります」

「仮にそうだとしても、当家とは関わりない」

「そうですか。わかりました。ところで、向川さまが隠居なさったら、三室屋藤兵衛はいかがなりましょうか」

「いずれ出入りを差し止めすることになろう」

「なぜでございますか」

「そのほうに関係ないこと」

「美濃守さまに松江藩が抜け荷を続けていたことを告げたからではありませんか。そのことを三室屋藤兵衛に教えたのは向川さま」

「そのことも当家の問題だ」

「わかりました。私もこれ以上は詮索したくはありません」

新吾は応じてから、

「それにしても、美濃守さまと三室屋藤兵衛はなぜ、あんなに強く結びついたのでしょうか。用人の岩田羽左衛門さまが池之端仲町の『三室屋』に何度か顔を出しています」

「藤兵衛の妹が美濃守さまの側室なのだ」

「側室……。そうですか。それで」

新吾は合点がいった。

「もうひとつお伺いしてもよろしいでしょうか」

「うむ」

「美濃守さまと深い関係にあるのなら、藤兵衛さんを出入りさせていたほうが何かと都合がよくありませんか」

「それも一理ある」

治兵衛は素直に言ったが、すぐ顔を歪め、

「あのお方がいつまで老中でいられるか」

と、呟くように言った。

「どういうことですか」

「美濃守さまはずいぶん長く老中職にあられるからな」

「もしや、先が見えていると？」

「誰もそんなことを言っていない。ただ、老中職が長いと言ったまでだ」

治兵衛は口元に冷笑を浮かべ、

「新吾。この件はこれでおしまいにするのだ。もう二度と、この件ではわしの前に現われるな」

「畏まりました」

「だが、鹿島銀次郎という男はそなたをまた襲うやもしれぬ。くれぐれも用心するのだ」

「はっ」

新吾は頭を下げたが、そのとき、あることを確信した。

「昨夜、私は用人の岩田羽左衛門さまにお会いした帰り、鹿島銀次郎に襲われました。危ういところを助けてくれたひとがいました。いつぞや、深川の帰りにつけられたことがありました。今から思うと、そのときから私の警固をしてくれていたようです」

新吾は身を乗り出し、

「ご家老ですね。ご家老が私のためにあのひとを」

「……」

治兵衛は答えず、微かに笑みを浮かべただけだった。


昼過ぎ、上屋敷を出て新シ橋に差しかかったとき、橋の向こうに饅頭笠に裁っ着け袴の間宮林蔵が立っていた。

新吾が橋にかかると、川の上流のほうに向かった。新吾は黙ってついて行く。いつものように、柳森神社の境内に入った。

新吾も遅れて鳥居を入る。

本殿の裏手で、向かい合った。

「今朝、用人の岩田羽左衛門が『三室屋』を訪れた。何が話し合われたかわからないが、引き上げてきた岩田羽左衛門の表情は深刻そうだった。また、見送った藤兵衛の顔も曇っていた」

「昨夜、岩田さまとお会いしました。そのあとで、例の編笠の侍に待ち伏せされました。その侍は鹿島銀次郎と名乗りました」

「鹿島銀次郎……」

「偽の戸川源太郎だったことも白状しました。私を斃せると安心して喋ったのが向こうの命取りになったのです」

新吾はさらに続ける。

「美濃守さまは企みを中止したのではないでしょうか。松江藩のほうも、ご家老が二度と抜け荷に手を出さぬと仰いました。このまま続ければ間宮さまに摘発されると恐れたのでしょう」

「残念だ」

「残念？」

「もし、おきよと与助が間者と気づかれなければ、松江藩は抜け荷を再開していただろう。そうしたら、美濃守さまと松江藩の悪事をばらし、制裁を加えることが出来たものを。みすみす、好機を逃した」

「私も最初はそう思っていました。でも、何か違うようです」

「違う？」

「確かに、美濃守さまは『三室屋』を通して向川さまに抜け荷の再開を勧めたようです。しかし、ご家老には最初からその気持ちはなかったようです」

「なかった？」

「はい。抜け荷云々より、美濃守さまのことを問題視したようです」

「どういうことだ？」

「ご家老はこう仰いました。美濃守さまはずいぶん長く老中職にあられるからな、と。私はひょっとして、美濃守さまの先が見えているのではないかと勝手に推し量りました」

「……」

林蔵の顔色が変わった。

「間宮さま。今、幕閣で何か起きているのではありませんか」

「まさか」

「美濃守さまは先に五千両もの金を松江藩から奪いながら、なおかつ松江藩に抜け荷の再開を勧めた。よほど、お金を欲していたとしか思えません」

「家老の宇部治兵衛は美濃守が失脚するかもしれないと見ていたから、抜け荷再開の話に乗らなかったというわけか」

「はい。私はそう感じました」

「うむ」

林蔵は唸ってから、

「しかし、家老の宇部治兵衛はどうして幕閣の事情を知ることが出来たのだ。誰か、手蔓でもあるのか」

「さあ」

首をひねったが、ふと新吾の脳裏にある男の顔が掠めた。

近習医の花村潤斎だ。幕府の奥医師桂川甫賢の弟子が表御番医師の花村法楽で、法楽の弟子が潤斎である。

この繋がりから、幕閣の様子が宇部治兵衛に入ってきたのではないか。つまり、幕閣の権力争いに奥医師桂川甫賢が絡んでいる……。

「どうした？　そんな怖い顔をして」

林蔵の声に、新吾ははっと我に返った。

「いえ、なんでもありません」

「そうか。いずれにしろ、幕閣で何が起きているのか調べてみよう」

そう言ったあとで、

「編笠の侍、鹿島銀次郎と言ったな。奴は必ずそなたを狙うはずだ。十分に気をつけるのだ」

「わかりました」

新吾は林蔵と別れたあと、『三室屋』の藤兵衛に会ってみようと思った。

四半刻後、新吾は『三室屋』の客間で藤兵衛と会った。

「おかげさまで昨夜、岩田さまとお目にかかることが出来ました。お礼を申し上げます」

新吾は頭を下げた。

「岩田さまも不利な状況になったことを悟られたようですね。松江藩から撤退を余儀なくされたようです」

「撤退も何も」

藤兵衛は首を横に振る。

「昨日から事態が目まぐるしく動いたような気がします」

新吾は切りだした。

「そうですね」

藤兵衛は苦笑した。

「三室屋さん。向川さまが隠居をするかもしれないことをご存じですか」

「ええ、そのようなことを向川さまからお聞きしました」

「美濃守さまの思惑が外れたように思えますが」

「……」

「三室屋さんはどうなさるおつもりですか」

「どうとは？」

「松江藩の出入りです。向川さまが隠居されたら……」

「私は商人です。松江藩に出入りをしているのであって、向川さまとだけお付き合いしているわけではありませんので」

そう言いながらも、藤兵衛の表情は暗かった。

「そうですか」

新吾は頷いてから、

「ところで、鹿島銀次郎という侍をご存じでいらっしゃいますか」

「……」

「清助さんと世羅紋三郎を殺し、なおかつ私に何度も襲いかかってきた男です。さらに、私を狙ってくるでしょう。私は受けて立ちます。場所を指定してもらえれば、そこに出向くとお伝え願えますか」

「先方が拒めば？」

「私を斃すことに目が向いているはずですから拒むとは思えません。仮に、拒んだとしても、すでに奉行所は鹿島銀次郎に目をつけています。逃れられないでしょう」

「わかりました。お伝えしましょう」

藤兵衛は素直に答えた。

「なぜ、鹿島銀次郎のことを知らないとしらを切らなかったのですか」

「この期に及んでとぼけても無駄でしょう。宇津木先生にはすっかり見透かされていますから。それに」

藤兵衛は眉根を寄せて、

「あの男の役目は終わったのです。任務は失敗でした。もはや、美濃守さまの手からも離れています。ですから、宇津木先生に挑むのはあくまでも私憤からです」

「ひとつ、お伺いしてもよろしいでしょうか」

「なんですか」

「三室屋さんは、なぜ美濃守さまの意を汲んで松江藩に働きかけたのですか」

「私の妹が美濃守さまの側室でしてね。その縁から断り切れませんでした」

「そうですか」

新吾は頷き、

「つかぬことをお伺いいたしますが、美濃守さまのは周辺で何かが起きようとしていませんか」

「何かとは?」

「美濃守さまを追い落とそうとする勢力が暗躍しているとか」

「さあ、そのような話は私にはわかりません」

「わかりました。では、私はこれで」

新吾は挨拶をして腰を上げた。

「そうそう、新しい下男が見つかりました。勘太郎は昨日でうちを辞めていきました。おかみさんとうまく縒りが戻るように祈っています」

新吾は一礼して客間を出て行った。

その日の夕方、新吾は幻宗の施療院に行った。

おしんが出てきて、

「新吾さん。こっちに」

と、新吾を誘った。

台所に行くと、竈に薪をくべている男がいた。

「勘太郎さん」

新吾は思わず声を出した。

勘太郎が振り向いた。

「宇津木先生」

「どうしてここに？」

「おせんが回復するまでここで下男として働かせてもらうことになりました。もちろん、おせんには内緒で」

「そうでしたか」

新吾は安堵して呟いた。

おせんの病床を覗くと、だいぶ顔色もよくなっている。心なしか、頬もふっくらとしてきたようだ。

「宇津木先生」

おせんは起き上がろうとした。

「そのままで」

「はい」

おせんは素直に体を元に戻した。

「清助さんを殺した下手人はどうなりました?」

「見つかりました。いずれ捕まりましょう」

「そうですか。よかった」

おせんはほっとしたように言う。

「清助さんにはいろいろ助けていただきました。元気になったらお墓参りに行きたいと思っています」

「それがいいですね。清助さんもきっと喜ぶでしょう」

「はい」

おせんは口をつぐんだ。

しばらく、黙りこくったので、

「どうかしましたか」

「ええ。じつは、近頃」

おせんは言葉を詰まらせたが思い切って、

「うちのひとが夢によく出てくるのです」

「はい。いつも遠くから見守ってくれているんです。もしかしたら、うちのひと、今もとても困っていて私に助けを求めているんじゃないかと気になって」

「ご亭主が？」

「そうじゃないと思いますよ」

「そうでしょうか」

「ほんとうは、ご亭主に会いたいのではありませんか」

「……」

「どうなんですね」

「はい。一時は恨みましたけど、不思議なことに今はとてもなつかしく思えて。でも、無理です」

「何が無理なんです？」

「こんな汚れた女に会っても幻滅するだけでしょうから」

「そんなことないと思います」

「先生」

おせんが縋るような目を向けた。

「うちのひとを捜してくれませんか。いえ、ただどのようにして暮らしているのか、それが知りたいのです」

「わかりました。捜してみましょう」

新吾は微笑んで言う。

それから、幻宗に挨拶をして、新吾は日本橋小舟町に帰った。

五

小舟町の家の前にやって来ると、津久井半兵衛が待っていた。

「宇津木先生、お待ちしていました。じつは右手首の骨を砕かれた浪人が見つかりました。やはり、伊東玄朴どのの医院で治療を受けていました」

半兵衛は話してから、

「鹿島銀次郎に金で雇われて、宇津木先生を襲ったと白状しました」

と言い、さらに続けた。

「三吉もとうとう正直に喋りました。千住宿に向かう途中、浅草御門に差しかかったとき土手のほうから悲鳴が聞こえたのでそのほうに行ってみたら、侍が抜き身を下げて立っていて、足元に男が倒れていたそうです。自分も斬られると思ったとき、侍に命が惜しければこの死体を隠せと言われ、こわごわ足を持って死体を草むらまで引きずって行ったということです。おまえはもう共犯だからと死体から抜きとった巾着をそのまま寄越し、三吉の名前と住まいを聞いてその場を去って行ったそうです」

「そういうわけでしたか」

「その後、ふいにその侍がやって来て、殺しを見ていたと奉行所に訴え出ろと威され、千住宿で何度か見かけた髭面の浪人を下手人に仕立てたということです。その侍の特徴は鹿島銀次郎にそっくりでした」

「三吉はどうなりますか」

「威されたにせよ、無関係な者を下手人に仕立てようとしたのですから、それなりの裁きを受けなければなりません」

「牢屋敷に入っていたほうが安心です。銀次郎に襲われる心配はありませんからね」

「ええ。三吉は銀次郎の仕返しを恐れていました」

そう言ったあとで、半兵衛は不思議そうに、

「しかし、なぜ鹿島銀次郎は宇津木先生を襲ったのでしょうか」

と、きいた。

「じつは、松江藩の世羅紋三郎さまが鹿島銀次郎と諍いになって斬られるという事件

があります」

「そんなことが」

「はい、松江藩は体面を考えて内々で始末してしまいました。私は世羅さまは鹿島銀次郎が清助さんを斬ったところを見ていたかもしれないと考えたのですが」

自分でも苦しい説明だと思ったが、半兵衛は深く詮索しなかった。大名絡みの件には遠慮があるのだろう。

「鹿島銀次郎はどこの家中の者か、浪人か、わかりませんか」

「わかりません」

「そうですか。いずれにしろ、下手人は鹿島銀次郎だとわかっただけでも収穫です。これから行方を捜します」

そう言い、半兵衛は引き上げて行った。

銀次郎が老中屋敷に逃げ込んだまま出てこなければ、半兵衛も捜しようがない。銀次郎のほうから現われてもらわねば接触する機会はない。

仮に鹿島銀次郎を捕まえることが出来たとしても、口は割らないだろう。それに、鹿島銀次郎も実の名かどうかも怪しい。

それでも、清助を手にかけた下手人を裁くことは出来る。

新吾が家に入ろうとしたとき、強い視線を感じて、そのほうに目をやった。柳の木の陰に、編笠の侍が立っていた。

「鹿島銀次郎」

新吾は呟いた。

銀次郎がゆっくり近づいてきた。

「今、同心と何を話していた？　俺のことか」

「そうです。三吉という男がすべてを話してくれました」

「あの男、裏切ったか」

「あなたに威されて嘘の訴えをしただけです」

「裏切ったことに変わりはない」

「三吉は嘘をついて関係ない者を下手人に仕立てようとした罪でしばらく小伝馬町の牢屋敷に入ることになるそうです。あなたは手出しが出来ません」

「あの者を殺したところで何もならん」

銀次郎は口元を歪めて、

「宇津木新吾。一対一で決着をつけたいとのこと。俺も望むところだ」

「やはり、『三室屋』の藤兵衛さんにきいたのですね」

「うむ。で、どうだ？」

「私は医者です。果たし合いには応じられませんが、清助さん、世羅紋三郎さまのために、あなたを捕まえます」

「俺を捕まえるのは無理だ」

「なぜ、ですか」

「俺は捕まらぬ」

「いえ、捕まえてみせます。ただ、取調べには一切応じないだろうとは思っています」

「だったら、俺を捕まえても無駄か」

「いえ、獄門台に送ることは出来ます」

「残念だが、そなたの希望には添えぬ」

銀次郎は殺気に満ちた目を向け、

「明日の夜五つ、鉄砲洲稲荷の裏手だ。助っ人は無用だ。よいな」

「わかった」

銀次郎は踵を返した。が、何を思ったか、引き返してきて、

「そなたとは気が合いそうだった。敵同士でなければ、よき友になれたのにな」

そう言い、改めて銀次郎は去って行った。

翌日、昼過ぎまで松江藩上屋敷の詰所で過ごし、昼過ぎからは小舟町の家で患者の治療に当たり、夕餉をたべたあと、香保に幻宗先生のところに行ってくるといい、新吾は家を出た。

伊勢町堀に並ぶ土蔵の陰から勘平が出てきた。

「新吾さま」

「ごくろう」

新吾は勘平から木刀を受け取った。

「皆には悟られぬように」

「はい」

「それから五つ半になっても戻らねば、八丁堀《はっちょうぼり》の津久井さまに知らせてもらいたい」

「わかりました」

勘平は不安そうに応じる。

「では、行ってくる」

新吾は伊勢町堀沿いに進み、思案橋を渡り、小網町を過ぎる。

霊岸島を突っ切り、京橋《きようばし》川にかかる稲荷橋を渡って鉄砲洲稲荷の前を通る。夜でも、ひとの姿があった。

だが、裏手にまわると人気はなく、大川端に船宿の明かりが輝いているが、この付近は闇に包まれている。

闇に目が馴れてきて、新吾は辺りを見回した。まだ、銀次郎は来ていないようだ。

時が経過する。夜風が一段と冷たくなった。さらに、時が経ち、新吾はふと不安に襲われた。

ここに着いて半刻近く経つ。銀次郎が約束を違えるとは思えない。何かあったのか。

さらに、四半刻ほど経ったころ、地を蹴る足音と提灯の明かりが近づいてきた。

「新吾さま」

勘平が駆け寄った。

津久井半兵衛も小者を連れて駆け込んできた。

「銀次郎は?」

「現れないのです。約束を違えるとは思えないのですが」

そのとき、新吾は昨夜、わざわざ引き返してきて口にした銀次郎の言葉を思いだした。

「そなたとは気が合いそうだった。敵同士でなければ、よき友になれたのにな」

新吾ははっとして、

「すみません。念のため、付近を捜してくれませんか」

と、半兵衛に頼んだ。

「わかりました」

半兵衛と小者がそれぞれ提灯を翳《かざ》しながら周辺を歩きまわった。もしや、銀次郎は自害しているのではないかと思ったのだ。

しかし、どこにも銀次郎の姿はなかった。

逃げたのだ……。今朝早く、江戸を発ったかもしれない。昨夜は、銀次郎は別れの挨拶にきたのだ。

半兵衛は無念そうに唇を嚙んでいた。

数日後、新吾は幻宗の施療院にいた。

おせんの病床に顔を出すと、おせんが半身を起こした。おせんも予想以上に早く回復しているようだ。

「おせんさん、この前、ご亭主を遠くからでも見てみたいと仰っていましたね」

「はい。出来ることなら」

「起き上がれますか。きょうは穏やかな陽気です。少し陽を浴びませんか」

「ええ」

おせんはゆっくり立ち上がった。

新吾は障子を開けた。内庭が見える。おせんといっしょに廊下に出た。

「おせんさん、あそこで薪を割っている男のひとがいますね」

「ええ」

「よくご覧なさい」

「えっ？」

おせんはじっと見つめる。やがて、顔が強張《こわば》ってきた。

「まさか……」

「勘太郎さんです」

「いや」

あわてて逃げようとした。

「おせんさんをここで養生出来るようにしてくれたのは勘太郎さんなんです。ここで下男として働きながら、おせんさんを見守っていたんです」

「そんな……」

「勘太郎さん」

新吾は濡縁から声をかけた。

勘太郎が振り向いた。斧を置き、手拭いで手を拭いて駆け寄ってきた。

「おせん」

「おまえさん」

勘太郎はおせんの手を握り、

「すまなかった。俺のために酷い目に遭わせてしまって」

「おまえさんが私のことを……」

「おめえさえ許してくれたら、もう一度ふたりでやり直したい」

「おまえさん」

ふたりは抱き合っていた。新吾はそっとその場を離れた。幻宗は療治部屋にいるので、おしんにおせんと勘太郎のことを頼んで施療院を出た。

途中、佐賀町のおとよの長屋に寄った。

「兄を殺した下手人が見つかったけど、江戸から逃げてしまったそうですね」

「ええ、残念ながら」

「でも、下手人がわかっただけでもよかったです」

おとよは言う。

「お子さんは？」

「松蔵さんといっしょに散歩に」

「ひょっとして、いっしょに暮らすことになりました」

「はい、いっしょに松蔵さんと？」

「そうですか。それはよかった。清助さんもきっと喜んでいるでしょう。松蔵さんによろしくお伝えください」

新吾は長屋をあとにした。

永代橋を渡りながら、新吾は鹿島銀次郎のことを思いだしていた。『三室屋』の藤兵衛を介して用人の岩田羽左衛門にきいてもらったが、そのような者はいないという返事だった。

羽左衛門が国元に逃がしたと思っている。いつかまた相まみえるときがあるに違いない。新吾はそんな気がしていた。

本作品は書き下ろしです。

双葉文庫

こ-02-34

蘭方医《らんぽうい》・宇津木新吾《うつぎしんご》

間者《かんじゃ》

2021年12月19日　第1刷発行

【著者】

小杉健治《こすぎけんじ》

【発行者】

箕浦克史

【発行所】

株式会社双葉社

〒162-8540 東京都新宿区東五軒町3番28号

［電話］03-5261-4818(営業部)　03-5261-4840(編集部)

www.futabasha.co.jp（双葉社の書籍・コミックが買えます）

【印刷所】

大日本印刷株式会社

【製本所】

大日本印刷株式会社

【カバー印刷】

株式会社久栄社

【DTP】

株式会社ビーワークス

【フォーマット・デザイン】

日下潤一

ISBN978-4-575-67085-1 C0193
Printed in Japan

双葉文庫　好評既刊

罪なき子

小杉健治

多くの人で賑わう美術館のなか、二人の男女が凶刃に斃れた。逮捕された男は死刑囚の息子で死刑判決を望んでいる。社会から苛酷な仕打ちを受けてきた自分の命は、社会が責任をもって奪うべきだと主張するのだ。男の心の闇に興味をおぼえた水木弁護士が弁護を買ってでたのだが……。加害者家族に光を当てる社会派ミステリー。

本体六九〇円＋税